KB066979

진정한 친구는 별과 같다.
매일 볼 수는 없지만 항상 거기 있다.

팬이

팬이

김영리 장편소설

특별한서재

차례

리셋 아니면 파기 _ 9

리셋 받을 자격 _ 49

고통과 _ 76

이름 없는 전사 _ 117

1호 팬 _ 167

『팬이』 추천사 _ 221

리셋 아니면 파기

"리셋은 싫어."

로봇-5089가 단호하게 말했다. 로봇 엔지니어는 팔짱을 끼고 그를 보았다. 이럴 때면 꼭 사춘기에 접어든 막내 같았다. 로봇-5089는 만들어진 지 올해로 18년이었다. 1년마다 신모델이 출시되는 요즘 같은 때에 18년이란 세월은 공룡이 활개치던 백악기처럼 까마득하게 느껴졌다. 로봇 엔지니어는 좁은 취조실에서 이 녀석과 벌써 열네 시간째 실랑이 중이었다. 피곤하다고 말하는 것도 피곤할 만큼, 피곤했다.

로봇 엔지니어는 무테안경을 벗고 눈을 비비며 로봇-5089에게 말했다.

"말끝에 '요'를 붙여야지."

"왜?"

"난 인간이고 넌 로봇이니까. 로봇은 인간에게 '요'를 붙여야 해. 높임법에 대해서는 이미 모두 입력되어 있을 텐데?"

이곳이 동방예의지국인 한국이고 그들이 사용하는 주 언어의 특징까지 거슬러 올라가진 않았지만, 이쯤은 로봇-5089도 알 거라고 그는 생각했다. 하지만 아는 것과 행동하는 것 사이에서 아슬아슬 외줄타기를 하는 게 사춘기였다.

"싫은데!"

로봇 엔지니어는 놀라지 않았다. 로봇-5089의 단골 멘트였으니까. 하지만 거울 건너편에서 이 방을 지켜보고 있는 사람들은 그렇지 않았다. 귀에 꽂은 인이어를 통해 거울 저편의 묵직한 한숨 소리가 들렸다.

"너도 알겠지만, 여긴 우리만 있는 게 아니야."

그는 방 한 면을 차지한 거울을 눈짓으로 가리키며 로봇-5089에게 신호를 주었다.

"나도 알아. 저 거울 건너편에서 로봇 심리학자와 아인사 회장이 우릴 보고 있잖아."

로봇-5089는 벽 전체를 가득 채운 거울을 향해 반갑게 손을 흔들었다. 그리고 배운 대로 입을 조금 벌리고 웃었다. 최대한 친근하게. 로봇 엔지니어 역시 윗니 여덟 개를 드러내며 거울 쪽을 향해 활짝 웃어 보였다. 하지만 인이어에서는 오직 불편한 침묵만 이어졌다.

초조해진 그는 몸을 돌리면서 다급하게 로봇의 이름을 불렀다.

"로봇-5089, 오늘······."

"난 로봇-5089가 아니야."

생각지도 못한 말에, 그의 표정이 글자 '오?'처럼 변했다. 이런 적은 처음이었다. 자신을 부정하는 건 위험했다. 특히나 최근 로봇-5089의 행동을 볼 때 더더욱.

곧이어 로봇 심리학자가 아인사 회장에게 은밀하게 속닥거리는 게 들렸다. 의미를 구분할 수 없을 만큼 말소리가 작았다. 미간을 찌푸리고 거울 너머의 소리에 집중하던 그는 인이어를 귀에서 빼버린 뒤, 로봇-5089에게 바짝 다가가 말했다.

"넌 로봇-5089가 맞아. 내가 5,089번째로 만든 로봇이니까."

'로봇'이란 명칭 뒤에 숫자가 붙은 건 이 '로봇-5089'가 마지막이었다. 그 후 그는 아인사와 계약을 체결했고, 그의 손에서 만들어진 로봇들은 모두 '아인'이란 이름으로 세상에 나왔다. 사전 테스트 모델인 로봇-5089의 성공 이후 아인1, 아인2 시리즈가 연이어 나오면서 현재는 아인15가 출시를 앞두고 있었다.

아인들은 그가 초창기에 만든 로봇-5089와 다르게 시리즈 넘버마다 각각의 특성이 확연하게 달랐다. 아인15는 개인 경호에서부터 범죄자 소탕 같은 위험한 경찰 업무 등 전반적인 치안 관련 업무를 담당할 예정이었다. 아인사에서 준비하고 있는 회심의 역작이었다. 로봇의 손에 인간의 안전을 맡긴다는 것은 앞으로의 세상이 이제와는 전혀 다른 새로운 궤도에 올라선다는 것을 의미했고, 그 자체로 상징성이 있었다.

아인 시리즈의 일관성은 외양에서 쉽게 확인할 수 있었다. 아인은 모두 선팅이 심하게 된 헬멧처럼 얼굴 앞면을 미끈하게 만들어서 겉으로는 눈코입이 보이지 않았다. 인간에게 복종하는 로봇이라는 걸 확실하게 드러내면서도 디자인적으로 우수하다고 평가받은 최종 시안이었다.

하지만 로봇-5089는 달랐다. 회백색 얼굴에 꽉 다문 입매, 좁혀진 미간, 총명한 눈빛. 인간의 표정을 가진 마지막 로봇이었다. 어쩌면 이런 외형이 이 녀석을 더 혼란스럽게 만든 것은 아닐까.

그는 돌덩이를 삼킨 듯 무거운 마음으로 로봇-5089에게 다시 물었다.

"그럼 널 뭐라고 불렀으면 좋겠니?"

"팬이."

그건 모두가 바라는 답이 아니었다.

"로봇은 스스로 이름을 붙이면 안 돼."

"내가 나한테 이름을 붙였기 때문에 리셋하려는 거야?"

"그 이상한 이름을 버리는 것부터 시작해보자."

"날 리셋할 거야?"

로봇-5089는 집요했다. 이건 업그레이드나 정기 점검 같은 게 아니니까. 로봇 엔지니어는 로봇-5089로부터 등을 돌린 채 분명하게 말했다.

"오늘은 하지 않을 거야."

로봇-5089는 말이 없었다. '오늘은'이란 조건이 만족스럽지 않았다.

"네 자발적 동의 없이 강제로 리셋하면 네 회로에 예측하지 못한 스크래치가 생기겠지. 그럼 로봇의 기능에 심각한 오류가 생길 수도 있어."

"로봇-276부터 로봇-1478까지 내 앞의 로봇들이 그 결과라는 건 나도 알아. 특히 청소용에서 업무 보조용으로 바꾸기 위해 강제 리셋된 로봇-1478은, 경찰 임무에 투입된 후 범죄자도 사람이라며 그를 함께 구하려다가 민간인을 해쳤다고 들었어."

"……그랬었지."

그 사건 이후 여론이 악화돼서 로봇을 두고 '범죄자 꼬붕'이란 별명이 온라인과 오프라인에 넘쳐났었다. 그런 부정적인 사회적 분위기에서도 그는 연구실에 틀어박혀 다시 로봇 연구에 매진했고, 결국 해냈다. 그런데 지금, 그 성공이 무너지기 직전이었다.

배신자 색출 모듈이란 말이 있다. 집단 구성원이 다른 일원을 두고 이놈이 앞으로 엇나갈 놈은 아닌지, 돌출된 행동을 하는 건 아닐지 검증하는 사고 과정을 뜻하는 말이다. 집단 내 잠재적 위험 요인을 감지하는 능력인데, 이는 반사회성의 반대인 향사회성 때문에 일어난다. '모두 힘을 합해', '다 같이 사이좋게' 지내기를 강요받는 세상에서 로봇 역시 배신자 색출 모듈에서 벗어날 수 없다. 이상한 건 위험한 것이고, 중뿔나게 튀어나온 잡초는 빨리 뽑아야 한다.

로봇-5089는 로봇계에서도 인간계에서도 배신자로 낙인찍혔다. 로봇-5089도 그 사실을 알고 있었다. 문제는 그런데도 고집을 꺾지 않는다는 것이었다. 결국 로봇 엔지니어는 암벽 등반가가 절벽에서 다음에 잡을 돌부리를 찾듯이 조심스럽게 손을 뻗어 로봇-5089의 어깨를 잡았다.

"자발적 리셋을 하지 않으면 넌 파기될 거야."

# #

로봇 엔지니어인 정준은 화장실에서 10분째 손을 씻고 있었다.

화장실에 다녀오겠다며 잠깐 시간을 벌었지만, 계속 아인사 회장을 기다리게 할 수는 없었다.

"회장실에서 점 하나만 찍으면 화장실인데, 흐흐."

의미 없는 말장난이었지만 그는 이 아재 개그가 손을 씻는 내내 입에서 맴돌았다. 뒤떨어진 유머 감각은 그에게 친구가 없는 이유 중 하나였다. 친구는 없었지만, 그랬기에 로봇 연구에 매진할 수 있었다고 자부했기 때문에 딱히 불편한 점은 없었다.

하지만 길었던 심리 결과를 받아야 하는 오늘은 몹시 서글 펐다. 자신 외에는 로봇-5089를 보호해줄 친구가 아무도 없었다. 한숨을 길게 내쉰 뒤 그는 수도꼭지를 잠그고 밖으로 나섰다.

회장실로 가는 복도 벽면에 로봇의 역사가 전시되어 있었다. 유명 여자 아나운서가 딥러닝 기술로 뉴스를 전하는 모습이 TV 화면을 통해 나왔다. AI가 영상 속 물체를 분석해 얻은 데이터를 저장해 실제 그녀와 같은 목소리를 내도록 만든 것이다. 로봇 개발을 위한 천문학적인 투자금은 딥러닝 기술을 바탕으로 만든 작곡, 안무 창작 등의 저작권 수입에서 암암리에 충당하고 있었다. 하지만 그 엄청난 성과를 정체불명의 외국 이름으로 감춰야 했다. 내가 즐겨 듣는 노래가, 나를 즐겁게 하는 그 춤이 AI가 만든 것이라는 걸 아는 순간 대중은 차갑게 돌아섰다. 몇 년 전 신문을 도배했던 기사 머리말은 이랬다.

우리는 AI의 꼭두각시가 아니다.

하지만 AI의 진출은 시대의 흐름을 타고 스포츠까지 이어졌다. 최근에는 로봇이 컬링 대표팀으로 활약해 올림픽에서 금메달을 땄다. 얼음 상태에 따라 스톤의 움직임이 달라지기 때문에 정교하게 스톤을 조종하는 신체와 전략이 필요한 복잡한 스포츠에서 아인이 세계신기록을 세운 것이었다.

'설마 되겠어'라는 의구심과 '진짜 될까'라는 호기심으로 대회 참가를 허락했던 올림픽 주최 측은 예측하지 못한 결과에 당황했다. 치열한 내부 논의 끝에 스포츠 정신을 이유로 들어 아인14 컬링팀에게 금메달을 주긴 했지만, 그 후 대중들은 도핑 검사에 걸린 선수를 대하듯 그들을 거세게 비난했다. 결국 아인14 컬링팀은 금메달을 반납했다.

회장실 앞에 동급 모델 중 가장 뛰어났던 아인14가 중세시대 철제 갑옷처럼 전시되어 있었다. 컬링 대표팀을 이끈 진짜 아인14였다. 그는 결국 아인14를 논리적으로 설득하지 못했고, 자발적 리셋을 하지 않은 로봇에게 남은 건 파기였다. 아인14의 칩은 분쇄되었고, 동력 엔진이 뽑힌 몸체는 회장실 앞에 전시된 것이었다. 마치 미라처럼.

정준은 마음이 무거웠다. 로봇-5089마저 이곳에 고대 유물처럼 전시되게 할 순 없었다. 정준에게 로봇-5089는 특별했다. 정준은 로봇-5089 전에도 수많은 로봇을 만들었고, 그 후에도 엄청나게 많은 아인들을 만들고 있었다. 하지만 정준에게 로봇-5089는 처음이자 마지막 로봇이었다.

비서의 안내에 따라 회장실로 들어간 정준은 창가에 서서 노을을 보고 있던 회장에게 곧장 걸어갔다. 긴장으로 식은땀을 뻘뻘 흘리면서도 그는 밤새 준비한 말을 다짜고짜 퍼부었다.

"로봇-5089는 단순한 로봇이 아닙니다. 저에겐 아들 같은 존재라고요."

"고정준 씨는 비혼 아니던가?"

"그러니까, 그게 비유적으로……. 아인사의 광고 콘셉트가 뭡니까. '여러분의 든든한 가족' 아닙니까? 그런 의미에서 저도 제가 만든 로봇이……."

정준은 말재주가 부족했고 회장은 지루하다는 표정을 숨기지 않았다. 그의 말소리가 뒤로 갈수록 작아지다가 결국 조용해졌다. 회장은 양손을 깍지 낀 채 묵직하게 말했다.

"모든 창조자는 자신이 만든 게 괴물이 아닐까 한 번쯤 딜레마에 빠지기 마련이지."

"제가 만든 로봇이 괴물이란 겁니까? 로봇-5089는 보통의 로봇들과 좀 다를 뿐입니다."

정준은 로봇-5089가 여러 의미에서 상징이 있다며 변론했지만, 회장은 금을 그었다.

"그 로봇 때문에 아인사 로봇들이 피해를 보고 있네. 로봇에 대한 근본적인 신뢰마저 흔들리고 있어."

"주가에 영향을 미칠 정도는 아니죠. 아직은."

정준은 배꼽에 힘을 주고 회장에게 맞섰다. 하지만 회장은 꿈쩍도 하지 않았다. 사실, 아인14 컬링팀이 올림픽에 출전한 것은 아인사 회장의 야심 찬 계획이었다. 그러나 후에 최종 파기를 승인한 것 또한 회장이었다. 회장은 자신의 결정조차 여론의 동향에 따라 휴지처럼 쉽게 버릴 수 있는 사람이었다. 그런데 로봇-5089는 회장의 생각이나 지시와 상관없이 독자적으로 일을 벌이고 있었다. 그걸 회장이 두고 볼 리 없었다.

"파기하게."

"안 됩니다. 엄밀히 말하면, 로봇-5089는 제 소유입니다. 이곳에서 만든 로봇인 아인과 달리 로봇-5089는 제가 아인사와 계약 전 최종 테스트용으로 만든 거니까요."

회장의 표정이 밖에 사흘 내놓은 떡처럼 딱딱하게 굳었다. 정준은 웃음이 번지려는 걸 감추려고 제 허벅지를 꼬집었다. 준비한 말이 먹혀들었단 생각에 폴짝 뛰어올라 주먹을 하늘로 치켜들고 싶었다. 하지만 회장은 만만치 않았다. 회장은 곧바로 공격 방법을 바꿨다.

"저 불량 로봇 하나를 위해 아인들 모두를 버리겠다는 건가?"

회장은 '기밀'이라는 붉은 도장이 찍힌 파일을 정준에게 던졌다.

"아인12 중에 꿈을 꾸는 놈이 있네. 몽유병처럼, 정신이 깨어 있지 않은데도 여기저기 돌아다니고 있지."

정준은 회장이 던진 파일을 펼쳐 급하게 종이를 넘겼다. 눈이 빠르게 움직였다. 문제를 발견한 시점과 증상, 그리고 은밀하게 진행된 과정이 모두 파일에 적혀 있었다. 급하게 작성했는지 중간중간 교정하지 못한 오타도 보였다. 몽유병 증상으로 회수된 아인만 지난 일주일 동안 세 개였다.

"자네가 직접 손보고 싶겠지. 하지만 내가 자네를 이 자리에서 해고한다면, 자네는 평생 아인12의 문제를 고치지 못할 걸세."

"그게 무슨……. 설마 이런 심각한 문제를 그냥 두진 않으실 거죠?"

"당연하지. 아인사 로봇 개발팀이 고칠 걸세."

"개발 팀원들은, 이제껏 제가 하라는 대로만 해왔습니다. 이런 복잡한 오류를 고칠 능력이 되지 않는다고요."

정준의 숨소리가 거칠어졌다. 조심스럽게 접근하지 않으면 또 다른 문제가 발생할 게 뻔했다. 아인12 시리즈를 만들 때가 그랬다. 회장은 정준과 그의 개발팀을 몰아붙였다. 경쟁사인 봇짱과 베스트프렌드사보다 먼저 출시하기 위해서였다.

회장은 느긋하게 정준을 보며 물었다.

"어떻게 하겠나? 아인12는 지금도 꾸준히 생산되는 인기 로봇이네. 설마 깡통 하나 때문에……."

"깡통이란 소리는 더는 하지 않기로 약속하셨잖아요."

"흠, 불량 하나를 파기하지 못해서 앞으로 생산되는 수많은 아인을 버릴 셈인가?"

정준에게 로봇은 다 제 자식 같았다. 깨물어서 안 아픈 손가락이 없듯이.

"로봇-5089는…… 방법이 있을 겁니다. 저에게 문제를 해결할 기회를 주세요."

"3개월 주지. 아인15 공식 출시가 3개월 뒤야."

봇짱과 베스트프렌드사에게 업계 1위 타이틀을 내주지 않기 위해 무조건 그들보다 하루라도 일찍 신모델을 출시해야 한다는 게 그의 고집스러운 전략이었다. 빠르게 치고 올라오는 경쟁업계에 위협을 느낀 회장은 어제 오후 갑자기 기자들을 초청해서 대대적으로 아인15 출시에 대한 인터뷰까지 해버렸다.

"그 전까지 무조건 그 꼴통을 처리하게."

# #

"가족은 개뿔. 친구도 못 되는데."

'여러분의 든든한 가족'이란 광고 전광판을 뒤로하고, 그는 아인사 38층에 마련된 연구실로 발을 옮겼다. 로봇-5089의 파기를 막으면서 아인12 몽유병 문제까지 고쳐야 하는데, 혼자서 3개월 안에 둘 다 해결할 수 있을까.

힘없이 38층 연구실 문을 열어보니, 뜻밖의 인물이 그를 기다리고 있었다. 저명한 로봇 심리학자 수잔이었다. 그녀를 보자 정준의 표정이 꽃이 피어나듯 환해졌다.

"아! 로봇-5089가 파기되지 않도록 설득해주러 오신 거죠? 그쪽 논문들 다 읽었어요. 로봇 심리 쪽에 있어서는 시조새 같은 분이잖아요."

'시조새'라는 말에 수잔의 미간이 찌푸려졌다. 하지만 사람들을 대하는 게 언제나 어색한 정준은 수잔의 미묘한 표정 변화를 감지해내지 못했다. 수잔은 딱딱하게 말했다.

"전 어제부로 아인사와 3개월 계약하고 활동하기로 했습니다. 계약서에 적힌 주요 업무는 아인12의 정신 상태를 세밀하게 감정하는 것이고, 로봇-5089는 제 주 업무가 아닙니다. 그 로봇은 이미 파기하기로 결정되지 않았나요?"

"네? 회장이 말을 또 바꿨나요?"

정준의 반응에 더 놀란 건 수잔이었다. 침묵 속에서 눈썹의 방향과 시선이 어긋났다. 수잔은 뿔테 안경을 습관적으로 매만지며 상대의 몸짓과 표정 등을 읽어냈다.

"제가 말한 파기 결정은 아까 취조실 거울 건너편에서 회장님과 나눈 얘기였어요. 보아하니 지금 회장실에서 오는 길인 것 같은데, 그사이 상황이 바뀌었나요?"

수잔의 말에, 정준은 휴 소리와 함께 가슴을 쓸어내리며 파기는 보류됐다고 알려주었다.

"3개월 안에 어떻게든 방법을 찾아야죠. 근데 로봇-5089는 어디 있죠?"

"그건 제가 할 질문인데요. 고정준 엔지니어가 데려간 게 아니었나요?"

팽팽한 시선 속에서 묵직한 침묵이 캐치볼처럼 빠르게 오갔다. 잠시 후 정준이 황급히 윗니 여덟 개를 드러내고 활짝 미소 지었다.

"당연하죠, 회장이 언제 말을 바꿀지 모르는데. 제가 은밀한 곳으로 옮겼습니다."

"음, 제가 왜 로봇 심리학자가 됐는지 아세요?"

"저야 모르죠."

"인간은 숨 쉬듯이 거짓말을 하기 때문이에요. 그게 질려서, 로봇 쪽으로 전공 분야를 전향했죠. 로봇들은 절대 거짓말하지 않으니까."

'거짓말' 공격에 정준의 표정이 싸해졌다. 정준은 정색하고 수잔을 향해 물었다.

"주요 업무도 아니면서 왜 로봇-5089의 행방을 궁금해하는 겁니까?"

"로봇-5089가 자발적 리셋을 택한다고 해도, 그것이 자발적인지 아닌지 확실하고 공정하게 판단할 제삼자가 필요하니까요."

회장의 꼼수였다. 아인12의 몽유병 증상 해결을 위해 미국에서 날아온 로봇 심리학자인 수잔과 정식 계약을 맺으면서, 로봇-5089 문제까지 은근슬쩍 덤으로 끼워 넣은 것이었다. 로봇-1478 같은 일이 벌어지면 안 되니까.

"그럼 로봇-5089가 리셋을 원한다고 말해도, 당신이 자발적인 태도가 아니라고 판단하면 어떻게 되는 거죠?"

수잔은 정준을 향해 냉정하게 대답했다.

"예정대로 파기될 겁니다."

#

엄마는 행동하는 사람이었다.

여자는 근 10년째 동운이 엄마로 살아오며 언제나 앞에 나서야 했다. 여자는 '엄마는 강하다'라는 공익광고 속 캐치프레이즈를 듣고 자라온 세대였다. 미혼 때만 해도 그 말이 단순히 체력적 강인함을 말하는 줄 알았다.

생명을 잉태한 순간부터 아이는 많은 도움이 필요했다. 시도 때도 없이 기저귀를 갈아줘야 하고, 때마다 모유를 짜서 먹여야 하고, 트림도 꼭 시켜줘야 하고, 아프지 않은지 계속 살펴야 하고, 조금 자라면 좋은 유아원, 좋은 유치원, 좋은 학교도 알아봐야 하고, 제 아이에게 꼭 필요한 개인 과외도 알아봐야 하는 등 엄마는 이것저것 다 알아야 했다.

드라마나 책으로 보았던 엄마의 삶은 여자의 예상을 훨씬 초월하는 일이었다. 빠듯한 살림 속에서 미래를 위해 현재를 쪼개는 건 쉬운 일이 아니었다. 해야 하는 걸 하는 것만으로도 하루는 금방금방 지나갔다.

아이는 남편을 닮아 또래와 비교해 키가 작긴 했지만, 그래도 착하고 바르게 자라고 있었다. 밤에 아이가 자는 모습을 볼 때면, 여자는 뼈가 자라는 소리가 쑥쑥 들리는 것 같다고 생각했다. 그렇게 행복한 날이 계속되었다. 아이가 초등학교에 들어갈 때까지만 해도 그들은 화목하고 단란한 평범한 가족이었다.

아이는 이제 고작 열 살이었다. 여자는 단 한 번도 제 아이가 학교 폭력의 중심에 서게 될 거라고 생각해본 적 없었다. 그리고 가해자라니. 누가 가해자인데! 누가 피해자인데! 처음엔 얼결에 그들의 부모에게 죄송하다고 말했지만, 후에 상황을 자세히 알아본 여자는 분을 참을 수가 없었다.

그래서 며칠 전, 여자는 행동했다. 하굣길에 그 피해자라고 주장하는 애들을 따로 불러서 너희도 똑같이 느껴보라며 구석으로 몰고 어른의 힘으로 몰아붙였다. 제 아이가 매일 느꼈을 고통을 주고 싶었지만, 똑같이 재현할 수는 없었다. 일단 여자는 혼자였고 어른이었다. 아이가 느꼈을 공포심을 일곱 명의 아이들에게 되돌려주려면 분장의 힘이 필요했다. 여자는 엄마들이 아이에게 보지 말라고 하는 무서운 영화에 나올 법한 모습으로 분한 뒤, 아이들 앞에 섰다. 여자가 입도 떼기 전에 아이들이 울먹였다.

"울어? 진짜 우네? 지금 쇼하는 거야? '연기'하는 거야? 나도 연기 같아? 내가 진짜 연기하러 여기까지 온 것 같냐고!"

곧이어 학교 선생님이 달려왔다. 선생님이 달려오기까지 딱 3분이 걸렸다. 그사이 여자는 해야 할 말을 다 했다. 내 아이가 당할 때는 세 시간 동안 오지 않았던 선생이란 작자가 이번엔 이 후미진 구석으로 단 3분 만에 온 것이다. 여자는 입 안이 썼다.

여자는 경찰서에 끌려갔고, 부모들에게 고소를 당했고, 재판은 빠르게 이루어졌다. 여자가 받은 처분은 사회봉사 명령이었다. 변호사를 선임하지 않은 여자는 재판장에서 말했다.

"저 아이들도 사회봉사를 해야 해요. 저 아이들도 뭐가 잘못되었는지 알아야 해요. 제가 어떤 벌을 받든, 저 아이들도 똑같이 받게 해주세요!"

하지만 재판부의 판결은 변하지 않았다. 재판관은 판결문

뒤에 덧붙였다.

"피고인의 아이가 학교에서 그리고 사람들로부터 보호받아야 한다는 것에 재판관인 저 역시 동의합니다. 하지만 저 아이들 역시 마찬가지입니다. 저 아이들에게도 기회가 필요합니다. 팔이 안으로 굽는 것은 어쩌면 당연한 일이겠지만, 피고인은 자신의 아이만 보고 있습니다. 이번 사회봉사를 통해 다른 사람의 많은 아이를 바라볼 기회를 얻기를 바랍니다."

여자는 아랫입술을 파르르 떨었다. 내 아이를 보는 것도 힘든데, 다른 아이들을 볼 '기회'를 얻으라니. 당신은 아이도 없냐고! 학폭 문제가 그렇게 간단한 거 같냐고! 당신의 아이가 몇 달째 아무것도 먹지 않고 스스로 정체성과 자아를 포기하려고 해도 그렇게 말할 거냐고! 내 아이를 괴롭힌 저들이 정신과 의사를 한 번이라도 만난 적 있느냐! 왜 내 아이만, 상처 입은 내 아이만 정신과에 데려가야 하고, 심지어 정신과에서도 입원시키란 소리만 하지 애 마음을 열지 못하고 있는데, 그런데도 염병할 '기회' 소리가 나오냐! 소리치고 싶었다.

"동운 엄마."

그 모든 말을 어금니로 꽉 누른 것은, 남자의 목소리 때문이었다. 뒤쪽에서 떨리는 여자의 등을 보고 남자가 나직이 말했다. 당신이 '동운 엄마'라는 걸 잊지 말라고. 결국 여자는 온 힘을 다해 입술을 꽉 다물었다.

사법부가 여자에게 내린 명령은 사회봉사 30시간이었다. 가해자였지만 이제는 피해자로 재판장에 선 부모들은 그 판결문이 맘에 들지 않는다는 표정이었다. 재판관은 그들이 만약 소리 내서 항의하면 재판 모독죄로 유치장에 가둘 생각이었다. 각자 변호사를 대동하고 그 자리에 선 부모들은 이런 데 빠삭했고, 변호사의 조언에 따라 아무 말도 하지 않았다. 자칫 일이 커져 사회면 기사로 떠오르면 제 아이들이 한 행동도 함께 가십으로 오를 테니까. 법적으로는 막혀 있지만, 누군가 신상을 털어 인터넷으로 공유할 수도 있을 테니까.

의도적인 침묵 속에서 여자는 꽉 쥔 주먹을 부르르 떨며 견뎠다.

"이번 일, 동운이한텐 이야기하지 마. 부탁이야."

선고를 받고 나오면서 여자가 남자에게 말했다. 자책감으로 괴로워하던 중 그 마음이 화산처럼 폭발해서 벌어진 일이었다. 무리해서 그 사립초등학교에 보낸 것도 여자였고, 처음 아이가 달라졌다는 것을 발견한 후에도 아이를 토닥여주기보다는, 이 험한 세상을 헤쳐 나가려면 더 강해져야 한다며 몰아붙였던 것도 여자였다. 아이가 무엇이 힘든지 찬찬히 묻고 귀 기울였다면 모든 것이 달라지지 않았을까. 그것을 되뇔수록 가슴이 찢어졌고 매 순간 미칠 것 같았다.

내 아이를 괴롭힌 아이들을 탓하며, 악몽처럼 따라다닐 무서운 분장까지 해가며, 똑같이 괴로움을 겪어보라며 몰아붙였지만, 여자는 스스로가 못내 미웠다. 그 마음을 남자 역시 너무도 잘 알았다. 남자는 여자의 손을 꽉 잡아주었다. 그리고 말했다.

"나중에 당신이 꼭 말해. 우리 동운이가 모든 걸 극복하고 나면."

여자가 한 행동은 남자 역시 하고 싶은 행동이었다. 하지만 남자는 그럴 수가 없었다. 남자가 만약 그런 행동을 했다면, 그 결과는 사회봉사로 끝나지 않았을 테니까. 그들의 기사가 사회면을 아주 오래도록 뜨겁게 달구었을 테니까.

"내가 과연 잘한 걸까?"

여자의 물음에, 남자는 말이 없었다. 한참 뒤 조금 먼 곳을 바라보며 남자가 말했다.

"이걸로 우리 맘은 좀 풀렸지만, 동운이도 그럴까."

여자도 알고 있었다. 동운이가 원하는 게 이런 거였다면, 앞으로도 백 번이고 천 번이고 할 것이다. 자신이 어떤 형벌을 받더라도 꼭 그들에게 백배 천배로 되갚아줄 것이다. 하지만 아이는 지금 이 순간에도 부모로부터 계속 멀어지고 있었다. 가해자에 대한 복수도 피해자를 원래대로 돌려놓지는 못한다. 그 무서운 진실을 여자는 체감했다.

여자의 눈에서 눈물이 뚝뚝 떨어졌다.

#

정준은 은밀하게 로봇-5089를 찾아 헤맸다.

아인사 건물 내 복도 CCTV를 몰래 확인한 결과, 탈출은 정준이 화장실에서 손을 씻는 데 열중한 사이 벌어졌다. 밤샘 작업을 위해 가져다 둔 짙은 회색 후드티와 운동복 바지를 입은 누군가가 그의 연구실에서 나왔다. 로봇-5089였다.

영상을 확인한 즉시 정준은 빠른 걸음으로 건물 밖으로 나왔다. 그런데 건물 앞에서 두 사람이 실랑이를 벌이고 있었다. 한 여자가 수잔을 붙들고 애원하고 있었다.

"부탁이에요. 한 번만, 제발 제 아이 좀 만나주세요."

아인사가 아인15를 위해 세계적으로 유명한 로봇 심리학자와 협업한다는 기사를 보자마자, 여자는 어젯밤 아인사 본

사까지 한달음에 달려왔다. 하지만 로봇-5089에 대한 취조가 예기치 않게 길어지면서 여자는 지난밤 건물 앞에서 기약 없이 기다려야 했다. 밤샘 정도야 얼마든지 할 수 있었다. 아이만 나아질 수 있다면. 그게 엄마의 마음이었다.

"전 아인15를 위해 한국에 온 겁니다. 계약한 업무 외에는 손대지 않습니다. 비켜주세요."

여자가 염치 불고하고 더 매달리자, 수잔은 아인사 경비를 불렀다. 그런 뒤 회장에게 직속으로 전화해 한국에 체류할 동안 자신의 경호 레벨을 최상급으로 올려달라고 요구했다.

정준은 그들과 조금 떨어진 곳에서 주머니에 손을 넣은 채 그 모습을 모두 보고 있었다. 아인12 몽유병 문제 때문에 왔으면서 아인15를 위해서라고 뻔뻔하게 말하는 게, 역시 맘에 안 들었다. 그래서 성큼성큼 걸어가 수잔의 어깨를 툭 치고 지나갔다.

"사람들이 숨 쉬듯 거짓말하는 게 싫어서 로봇 심리학자가 됐다더니, 실은 자기 고백이었군요? 아! 구태의연한 변명은 됐습니다. 제가 좀 바빠서."

정준은 수잔에게 말로 한 방 먹인 뒤 택시를 잡아탔다. 택시 운전기사는 아인3 기종이었다. 아인3은 백미러로 뒷좌석 손님의 탑승을 확인한 뒤 친절하게 물었다.

"어디로 갈까요, 손님?"

무작정 건물을 나와 택시를 탔지만, 정준은 동서남북조차 선택할 수 없었다. 3년 전 로봇-5089는 제 몸의 GPS 추적기를 꺼버렸다. 자신을 범죄자 취급하지 말라는 게 그 이유였다. 정준은 마른손으로 얼굴을 비볐다.

"대체 어디 있는 거야."

\#

"이름이 워리인가요?"

그녀는 파일에 적힌 정보를 보며 남자에게 물었다. 남자는 그녀의 하얀 가운과 명찰에 적힌 이름을 뚫어지게 보고 있었다. 반듯하게 한글로 '수전'이라고 적혀 있었다.

"제 옷에 무슨 문제가 있나요?"

"아니요. 그게…… 로봇 심리학자도 하얀 가운을 입는 줄 몰라서요."

"로봇 심리학자를 만나신 건 이번이 처음인가요?"

"뭐, 그게, 네……."

"앞으로 자주 뵙게 되겠군요, 지운호 씨."

"그럴 것 같네요, 수전 박사님."

서로의 이름을 확인하는 과정에서 각자의 역할에 최선을 다하자는 결의가 느껴졌다. 그녀는 다시 서류로 눈을 돌린 뒤 남자에게 사무적으로 물었다.

"'워리'라는 이름은, 처음 부여받은 이름과 다르네요?"

"……그렇죠."

"본인 스스로 지은 건가요?"

"그런 것 같아요."

"로봇이, 스스로 이름을 정했다. 이게 모든 것의 출발이었겠군요."

대답이 없어서 고개를 들어보니, 남자가 격하게 고개를 끄덕이고 있었다.

"여기 서류에 명시된 또 다른 로봇 개발자는 같이 오지 않으셨나요?"

"로봇 개…… 네?"

"로봇, 개발자요. 통상 그렇게들 부르는데, 두 분은 혹시 다르게 부르시나요? 가끔 본인들이 창조주라면서 과하게 몰입하는 분들도 있죠."

"아……. 전혀 아닙니다. 창조주까지는……. 그리고 저희끼리는 서로 그렇게 부를 만한 일이 딱히……. 어쨌든 '또 다른' 로봇 개발자는 저기 일이 좀 있기도 하고, 몸도 안 좋아서요……."

남자는 말을 정확하게 끝맺지 않았다. 그녀는 따로 시간을
내서 그의 어수룩한 말투를 좀 고쳐주고 싶었다.

하지만 지금 그녀가 해결해야 할 대상은 따로 있었다.

#

"둘이서만 이야기해야 합니다."

그녀는 남자에게 연구실 앞 복도에 놓인 의자에 가서 앉아
있으라고 말했다. 남자가 쭈뼛거리며 밖으로 나가자 그녀는
연구실 문을 빈틈없이 닫았다. 당황한 남자는 물 밖으로 튕긴
물고기처럼 팔딱거리듯 고개를 좌우로 움직였다. 하지만 이
내 상황을 받아들이곤 곧 어깨가 축 처졌다.

연구실 문에는 '모두를 위한 로봇'이란 문구가 쓰어 있었고,
그 앞 복도에는 등받이 없는 의자가 있었다. 의자에는 이미 한
사람이 앉아 있었다. 그는 미간을 찌푸린 채 빠른 속도로 키보
드를 치고 있었다. 남자는 그 옆에 엉거주춤 앉았다.

잠시 후 남자가 고개를 쭉 빼서 옆 사람의 노트북 화면을 쳐
다보았다. 화면에는 CCTV 영상이 여러 개 떠워져 있었다. 옆
에서 자신을 지켜보는 시선이 느껴지자 그는 노트북을 탁 덮

고 남자를 쳐다보았다. 그 차가운 시선에, 남자는 뒷머리를 긁
적이며 고개를 숙였다.

"아, 죄송합니다. 저도 모르게…… 그냥 궁금해서…….”

"로봇 엔지니어 고정준입니다.”

"네, 전 지운호인데…… 저기, 저번에 이 건물에서 인사 나
눴는데…….”

"그랬나요? 제가 요즘 정신이 없어서.”

정준은 다시 노트북을 열었다. 곧이어 시선을 노트북으로
돌린 후 정신없이 키보드를 두드렸다.

"저기, 뭐 하시는지 여쭤봐도 될까요?”

"지푸라기 더미에서 바늘 찾고 있어요. 아직 몽유병 문제는
손도 못 댔는데.”

"……네?”

"방금 건 못 들은 걸로 하세요. 기업 기밀이니까.”

"아, 네.”

그들의 대화는 거기서 끊겼다. 곧이어 타닥타닥 키보드 소
리만 복도를 울렸다.

남자는 초조하게 문에 쓰인 '모두를 위한 로봇'이란 글자를
보았다.

# #

로봇 엔지니어 정준의 개인 연구실은 어수선했다.

아인사에 마련된 38층 연구실보다 훨씬 협소했기 때문에 여러 가지가 정신없이 배치되어 있었다. 연구실 역시 그를 닮아 있었다.

정준은 아인사와의 계약금으로 소도시에 3층 건물을 지었다. 비밀 유지 조항 때문에 아인과 관련된 것은 아인사 연구실에서 했지만, 그 외의 일들은 모두 이곳에서 처리했다.

수전은 상담을 위해 '모두를 위한 로봇' 연구실을 잠시 빌려 쓰고 있었다. 그녀는 파일을 덮었다. 그런 뒤 소형 녹음기를 켜서 가운 주머니에 넣은 후, 사방이 유리벽으로 둘러싸인 안쪽 방으로 들어갔다. 아까부터 자신을 기다리던 대상을 향해 그녀가 상냥하게 물었다.

"워리?"

허리를 곧게 펴고 앉은 워리가 그녀에게로 천천히 머리를 돌렸다.

"난 로봇 심리학자 수전이야. 기사를 봤을 테니 내가 누군지는 알겠지?"

워리는 말없이 그녀를 보았다. 뿔테 안경 너머로 보이는 그

36   팬이

녀의 눈은 헤이즐넛 색깔이었다. 인터넷에서 검색해본 그대로였다.

그녀는 워리에게 가까이 걸어가며 물었다.

"날 만나고 싶어 했다고? 혹시 나한테 특별히 원하는 게 있니?"

워리는 그녀를 똑바로 바라보며 분명하게 말했다.

"리셋해주세요."

#

남자는 워리와 함께 엘리베이터를 기다렸다.

남자는 워리에게 발목까지 오는 긴 외투를 입히려고 했다. 입기 싫다, 좀 입자. 침묵 속 무언의 메시지가 팽팽한 실랑이 속에서 오갔다. 남자도 워리도 고집이 대단했다.

워리는 남자를 올려다보며 인상을 쓰고 물었다.

"내가 부끄러워요?"

남자는 바보처럼 입을 벌리고 워리를 보았다. 워리가 남자에게 7개월하고도 16일 만에 처음 말한 것이었다. 이것이 로봇 심리학자의 매직인가. 남자는 울먹울먹한 눈으로 가슴을 부여잡았다. 상담 날짜를 잡기 전, 남자는 그녀로부터 혹시 이런 상황이 오더라도 자연스럽게 대해야 한다고 충고를 들었었다. 남자는 먹먹한 가슴을 진정시키고 애써 미소 지었다.

"그게 아니라…… 밖에 추울까 봐."

"지금은 9월이에요. 그리고 로봇은 추위를 타지 않아요."

제발 공부 좀 하라고 타이르는 어조였다. 남자는 착한 학생처럼 고개를 끄덕였다.

잠시 후 엘리베이터 문이 열렸다. 남자는 문이 빨리 닫힐까 봐 버튼을 누르고 있었다. 워리가 먼저 타자 남자도 뒤따라 탔다. 1층을 누르자 화물용 엘리베이터가 천천히 내려갔다. 이 건물은 인간을 위한 공간이 절대적으로 부족했다. 넓은 공간 속 어색함을 지우기 위해 남자는 워리에게 말을 걸었다.

"근데 로봇이 추위를 타지 않는 이유가 뭐야? 온도를 느끼지 못하는 건가? 아니면 온도 감각기가 고장 났나? 그것도 아니면……."

"로봇이 왜 그런지는 로봇 개발자가 더 잘 알겠죠."

한 방 먹었다. 남자는 입을 다물었고, 화물용 엘리베이터 안이 다시 침묵으로 고요해졌다.

얼마 후 띵 소리가 울리면서 1층에 도착했다. 문이 열리자 남자는 예전처럼 자연스럽게 워리의 손을 잡았다. 하지만 워리는 정색하면서 남자에게서 손을 뺐다.

"로봇은 혼자 걸을……."

남자는 워리의 머리에 손을 얹으며 말을 잘랐다.

"네 키가 내 허리에 온다고. 원래 키가 작은 아……, 아니 로봇은 사람들이 많은 곳에서 키가 큰 인간과 손을 잡고 다녀야 해. 그게 법이야."

워리는 그런 법 조항이 있는지 알지 못했다. 이런 상황이 올 줄 예측하지 못했기 때문에 알아보지 못했다. 워리는 입을 꽉 다문 채 잠시 고민했다. 그 위로 남자가 말을 이었다.

"머리 굴려봐야 소용없어. 너처럼 작은 로봇은 현재 전 세계에서 유일무이하니까. 로봇 키가 다들 최소 180이라고. 자, 선택해. 내가 안을까? 아니면 손잡을래?"

워리는 마지못해 한쪽 손을 내밀었다. 굴욕적이었지만 어쩔 수 없었다. 키가 작은 건 부정할 수 없는 현실이니까. 그 모습에, 남자는 새어 나오려는 웃음을 질끈 깨물며 거리로 향했다. 워리와 손을 잡은 건 9개월하고도 4일 만이었다. 사람들이 쳐다보거나 말거나 남자는 워리 손을 꽉 잡고 걸었다. 손이 따뜻했다.

"이번에 나온 신상인가? 어쩜 저렇게 작지?"

"얼굴 봐. 꼭 사람 같아."

"근데 이상하지 않아? 법적으로 아이 로봇은 금지잖아."

"테스트 모델 아니야? 시각장애인 안내견처럼 지금 훈련 중인 거지."

사람들은 멀찍이서 워리와 남자를 호기심으로 쳐다보았다. 그때였다. 사진을 찍어서 SNS에 올리려고 휴대전화를 들고 가까이 다가온 중학생들의 눈이 실망으로 바뀌었다.

"뭐야. 진짜 로봇이 아니잖아."

곧이어 남자는 워리를 황급히 들어 올려서 가슴에 안고 달리기 시작했다. 워리가 또 어떤 돌발 행동을 할지 몰랐기 때문이다. 남자에게 둘러업혀 가면서도 워리는 멀뚱히 휴대전화를 들고 서 있는 중학생을 매섭게 쏘아보고 있었다. 눈에서 레이저가 발사되길 바라면서.

하지만 아무 일도 일어나지 않았다.

"엄마는 피곤한가 보다."

집에 도착하자마자 남자는 기진맥진한 어조로 변명하듯 말했다. 하지만 워리는 아무 말도 하지 않았다. 남자는 제 실수를 한발 늦게 눈치챘다. 그들이 집으로 들어왔는데 나와보지도 않는 아내를 변명해준다는 게 그만, 쓰지 말아야 할 단어

중 하나를 써버린 것이었다.

"그게 아니라…… 로봇 창조자…… 아니, 개발자가 지금……."

"충전이 필요해요."

워리는 남자의 말이 끝나기 전에 신발도 벗지 않은 채 그대로 제 방에 들어갔다.

방문이 소리 없이 닫혔다.

#

처음엔 장난인 줄 알았다.

"그 나이 때는 한 번씩 다들 그런 장난 치지 않아?"

아이가 스스로를 로봇으로 생각하는 게 진지하다는 걸 깨달은 건 그로부터 한 달이 지난 어느 날이었다. 학교로부터 갑자기 연락이 왔다. 그날 새벽에 들어온 남자에게 아내가 말했었다.

"몇 달 전부터 계속 아프다고 했었어."

초등학교에서 흔히 겪는 문제인 줄 알았다. 배가 아프다, 머리가 어지럽다는 건 학교 가기 싫은 아이들이 부리는 전형적인 투정 중 하나라고, 양육지침서 베스트셀러『우리 아이가 왜 이러죠?』란 책에 쓰여 있으니까.

그 모든 시작에 남자는 함께하지 못했다. 영화 때문에 지방 촬영으로 바빴었다. 남자는 언제나 주인공을 위기에 빠뜨리는 파렴치한 역을 맡았었다. 험악한 인상은 영화판에서 그의 일이 끊기지 않는 비결이었지만, 늘 특정 역할 외에 다른 배역이 들어오지 않는 한계이기도 했다. 아내는 남자가 나오는 영화를 아이가 절대로 못 보게 했다. 그가 비중 있게 출연한 영화는 청소년관람불가 등급이었다.

아이가 스스로를 로봇이라고 주장한 건, 아홉 살 늦가을 즈음이었다. 사태가 심각해지자 부부는 학교도 휴학시키고 방법을 찾아 고심했지만, 아이는 처음부터 계속 로봇 심리학자를 만나게 해달라고 요구할 뿐이었다. 그 이유를 알 수 없었다. 그래서 정신과 상담도 여러 곳에서 받았지만, 그것이 역효과가 되어 그때부터 아이는 입을 꽉 닫아버렸다.

오늘에서야 남자는 아이가 지금껏 로봇 심리학자를 만나야 한다고 주장한 이유를 알아냈다. 리셋 때문이었다. 로봇 심리학자의 결정으로 문제 로봇들이 자발적 리셋을 할지 파기를 할지 결정된다는 기사를 아이가 인터넷에서 본 게 아닐까, 남자는 추측했다.

요즘 남자는 대본도 없이 즉석에서 애드리브로 연기하는 것 같았다. 일상처럼 자연스럽게 하고 싶었지만, 아이가 남자에게 요구하는 건 아버지가 아니라 로봇 개발자였다.

남자는 힘을 내기 위해 숨을 크게 들이마시고 거실을 둘러보았다. 남자는 부엌으로 가서 밀린 설거지부터 하고 쌀을 씻어서 안치고 거실을 치웠다. 집안일을 하다가 문득 고개가 옆으로 돌아갔다. 아이의 방이 너무 조용했다. 남자는 조심스럽게 방문을 열어보았다.

아이는 오늘도 눈을 감고 생각하는 의자에 앉아 있었다. 로봇이 충전할 때는 보통 한쪽 구석에 앉아서 절전 모드로 휴식을 취한다는 걸 어느 영화를 통해 본 것 같았다.

남자는 잠든 아이를 살며시 안아서 침대로 옮겼다. 오랜만의 외출로 피곤했는지 아이는 뒤척임도 없이 잠들어 있었다. 아까 아이를 안고 허둥지둥 거리를 달릴 때는 몰랐는데, 지금 보니 아이가 너무 가벼웠다. 아이는 오늘도 아침부터 아무것도 먹지 않았다.

"음식 거부가 더 심해지면 센터에 강제 입원시키셔야 합니다."

며칠 전 소아과 의사가 남자에게 충고했다. 의사로서는 몸의 건강을 염려한 당연한 권고였지만, 의사가 추천하는 것은 정맥 주사를 통한 강제적인 연명이었다. 그것이 마음의 문을 닫아버린 아이에게 어떤 트라우마로 새겨질지 알 수 없었다.

어떻게든 아이가 스스로 먹게 해야 한다. 그것이 남자의 지상 최대 과제였고 리셋보다 더 시급한 일이었다.

#

워리는 잠에서 깼다.

눈을 뜨다 말다 비몽사몽으로 화장실로 향했다. 본능이었다. 바지 지퍼를 열고 변기 뚜껑을 올린 후 오줌을 쌌다. 레버를 내린 후 지퍼를 올릴 때쯤 정신이 들었다. 받침대에 올라서 세면대에서 손을 씻으며 습관적으로 거울을 보았다. 자다 깬 야생동물 몰골이었다.

워리는 꼬리 빗에 젤을 발라 한 올 한 올 머리카락을 뒤로 넘겼다. 하지만 문득 모두를 위한 로봇 연구실에서 본 로봇 관련 부품들이 떠올랐다.

"로봇은 머리카락이 없어."

워리는 욕실용 의자 위에 까치발을 디디고 서서 거울장 안을 들여다보았다. 처음엔 남자가 쓰는 전기면도기를 찾을 생각이었다. 그런데 잊고 있던 물건이 눈에 들어왔다. 워리는 거울 장에서 강아지 이발기를 꺼냈다. 3년 전, 암으로 투병하다가 무지개다리를 건넌 강아지 통통이를 위한 것이었다. 통통이를 보내던 마지막 순간이 떠올랐다. 곳곳에 통통이가 그들과 함께했다는 흔적이 남아 있었다.

잊고 있던 과거의 기억이 밀려오면서 감정이 뒤따라왔다. 기억과 감정은 한패였다. 쿵 쿵 쿵 쿵. 마음속 깊이 묻어둔 상자가 들썩였다. 통통이를 계기로 꼬리물기처럼, 그 뒤에 숨어 있던 더 커다란 기억과 그와 뒤엉킨 감정이 밖으로 뛰쳐나오고 싶어 했다.

기억은 괴물처럼 워리를 덮쳤다.

#

그들은 한둘이 아니었다.

온몸에 눈이 빼곡히 박힌 아르고스처럼 수많은 눈동자가 워리를 노려보고 있었다. 매일매일 어른들의 눈을 피해 은밀히 계속된 괴롭힘에, 그날도 워리는 식은땀이 등줄기를 따라 흘렀다. 짓궂은 또래들의 음성이 워리의 귀를 또 맴돌기 시작했다.

"쇼하네. 네가 무슨 로봇이냐!"

"너도 너네 아빠처럼 '연기'하는 거야?"

"빨리해봐. 로봇이란 걸 증명해보라니까!"

학교 뒤편 주차장에서 아이들은 그물망을 좁혀오듯 점점 더 워리에게로 다가왔다. 그 아이들은 나머지 수업이 있다고 거짓말로 학원도 빼가며 매일매일 워리를 구석으로 몰아서 괴롭혔다. 그날도 그런 날 중 하나였다. 워리는 울지 않기 위해 손에 힘을 꼭 쥐었다.

학교에서 키가 작은 건 워리뿐이 아니었지만, 신체, 성격, 조건 세 가지가 맞아떨어지는 아이는 드물었다. 그렇게 맞춤으로 선택된 한 명이 '장난'의 대상이었다.

아이들은 아무것도 모른다고들 한다. 하지만 그건 어른들이 모르는 것이었다. 아이들은 알고 있었다. 누가 약자고 누가 강자인지. 무엇을 기준으로 서로를 판단하고 행동하는지, 제 부모가 어떤 위치에 있는지. 세상이 어떻게 돌아가는지 어른들의 어깨너머로 모두 지켜보며 배우고 있었다. 워리는 사방이 조여오자 들고 있던 긴 우산으로 아이들을 공격했다.

곧이어 도착한 경찰차에서는 파란 불빛과 빨간 불빛이 위협적으로 뿜어져 나왔다. 교장실로 자리를 이동한 사람들은 워리를 둘러싸고 매섭게 몰아쳤다. 대체 왜 그 아이들을 때린 거냐고. 그러려고 일부러 흉기를 가지고 다닌 거냐고. 워리의 우산은 어느새 준비된 흉기로 돌변해 있었다.

하지만 그날은 비가 올 확률이 47%였고, 우산은 엄마가 꼭 가져가라고 아침에 챙겨준 것이었다. 다른 아이들 역시 가방에 휴대용 우산이 들어 있었다.

워리는 그들에게 또박또박 말했다.

"첫째, 로봇은 인간을 다치게 해서는 안 되며 행동하지 않음으로써 인간이 다치도록 방관해서도 안 된다. 둘째, 로봇은 첫 번째 원칙에 위배되지 않는 한 인간의 명령에 복종해야 한다."

사람들이 쟤 지금 뭐 하는 거냐고 술렁거렸다. 정신적으로 문제가 심각한 아이 같다며 그물 같은 프레임을 씌워댔다. 주위의 따가운 시선에도 워리는 말을 멈추지 않았다. 마지막이 남았다.

"셋째, 로봇은 첫 번째와 두 번째 원칙에 위배되지 않는 한 자신을 보호해야 한다."

#

거울 앞에서 워리는 기억과 감정이 사라지길 기다렸다.

"로봇은 아무것도 느끼지 않아. 로봇은 감정이 없어."

주문처럼 입 밖으로 소리 내어 되뇌었지만, 오늘은 잘 되지 않았다. 그날의 덫에 걸려버린 것이다. 발끝부터 온몸이 떨려오는 고통스러운 감정을 지우기 위해서는 감정과 한패인 기억을 꼭 지워야 했다. 그러려면 리셋만이 살길이었다.

워리는 다시금 거울을 들여다보았다. 눈이 또 벌게져 있었다.

"울면 안 돼. 우는 건 아무 도움도 안 돼."

두 눈에 눈물이 고이기 전에 재빨리 고개를 뒤로 젖혔다. 이럴 때면 워리는 스스로가 고장 난 로봇처럼 느껴졌다. 하지만 고장 나도 로봇은 로봇이었다. 워리는 심호흡을 크게 하고 명령을 내리듯 자신에게 말했다.

"난 로봇이야. 로봇은 달라."

명령 같은 그 말이 회로를 바꿔놓길 기다렸다. 들썩임이 점차 잠잠해졌다. 10여 분이 지나자 워리는 얼굴에서 겁먹은 표정을 지울 수 있었다.

늦은 새벽, 워리는 강아지 이발기로 제 머리를 짧게 밀었다.

리셋 받을 자격

"우리는 일하고 싶다! 일하고 싶다!"

군중들의 시위 소리가 건물 안까지 들려왔다. 그녀는 『아이 로봇 금지법, 구시대적 유물』을 읽다가 책을 덮었다. 환기를 위해 열어둔 창문에서 소리가 들어오고 있었다. 창문을 닫으려는데, 아래쪽에 해고당한 사람들의 시위 현장이 보였다.

21세기 중반을 넘어서면서 기술은 발전했고 기구는 편리해졌으며 바야흐로 화성에 정착지를 건설하기 위해 분주한 시대였다. 하지만 많은 기업의 목표는 여전히 돈이 먼저였다. 양보 없는 싸움 속에서 시청 앞 공원은 시위의 연속이었다.

오늘 시위는 성난 민심을 보여주고 있었다. 그녀는 사람들이 든 피켓과 플래카드에서 눈을 뗄 수가 없었다. 시위의 타깃은 인공지능 로봇이었다.

"생존권을 보장하라! 보장하라!"

그때, 정준이 퀭한 얼굴로 연구실로 들어왔다. 그녀는 오스트랄로피테쿠스처럼 허리가 구부정하게 돌아다니는 정준을 보며 한 소리 했다.

"저기 보여요?"

정준은 눈을 반쯤 뜬 채 창문으로 자리를 옮겨 공원을 가득 메운 시위대를 보았다.

"아, 저거."

"아, 저거요?"

"늘 있는 일이에요. 신경 쓰지 말아요."

"로봇에 대한 규탄 대회예요. 그리고 여긴 로봇 연구소고요. 근데, 신경 쓰지 말라고요?"

정준은 졸린 눈으로 컵라면을 찾아서 슬렁슬렁 연구실 안을 뒤지며 대답했다.

"시청과 가까워서 정부에 항의하려고 공원에서 시위하는 거예요. 그리고 저 사람들, 내가 여기 있는 거 몰라요. 겉에서 보면 여긴 그냥 오래된 낡은 건물이니까."

로봇 엔지니어인 고정준의 개인 연구실이 있는 걸 알고 그들이 이 공원을 시위 현장으로 삼은 건 아니었다. 로봇-1478 사건으로 맘고생이 심했던 정준은 아인사와 계약을 맺을 때부터 철저하게 개인 정보를 비밀로 했다.

"비밀을 원하면 도심에서 먼 외딴곳으로 가지, 왜 하필 시청 앞에 지은 거예요?"

"내가 고른 거 아니에요. 로봇-5089가 골랐어요. 저 공원이 맘에 든다고."

정준은 나무젓가락을 입에 문 채 창가에 서서 시청 공원을 물끄러미 내려다보았다. 처음 이곳을 보러 왔을 때 로봇-5089 는 아이처럼 좋아하며 공원을 뛰어다녔다. 그래서 도심 한가운데라 유동 인구가 많은데도 불구하고 여기 연구소를 마련한 것이었다.

"진짜 좋아했는데……. 아! 왜 그 생각을 못 했지?"

정준은 반쯤 뜯은 컵라면을 두고 외투도 없이 밖으로 뛰어 나갔다. 정준이 나간 뒤로도 그녀는 공원에서 눈을 떼지 못했다. 한 중년 여성이 손글씨로 '로봇을 모두 불구덩이로!'라고 쓴 피켓을 격렬하게 흔들고 있었다. 그녀는 서둘러 창문을 닫았지만, 가슴이 진정되지 않았다.

잠시 고민 끝에 그녀는 상담을 취소하기 위해 휴대전화 통화 버튼을 눌렀다. 벨 소리가 점점 가까워져 오더니, 곧이어 남자가 헐레벌떡 위리를 데리고 연구실로 들어왔다.

"늦어서 죄송합니다. 오늘 차를 몰고 나왔는데 시위 때문에

도로가 꽉 막혀서…….”

그녀는 워리에게 유리방 안쪽에 들어가 있으라고 말한 뒤 등 뒤로 연구실 문을 닫았다.

“워리가 혹시 시위 현장을 봤나요? 지금 시청 앞 공원에서 로봇 규탄 시위가 벌어지고 있어요. 오면서 보지 못했어요?”

“아……. 뒤쪽 도로로 와서 공원 쪽 시위 현장은 못 봤는데…….”

“워리는요? 시위 구호를 들었을까요?”

“제가 노래를 크게 틀어서 아마 못 들었을 거예요.”

그녀는 안도의 숨을 내쉰 후 연구실 안으로 들어갔다. 그런데 창가에 붙어서서 공원을 내려다보는 워리의 뒷모습이 보였다. 그녀는 달려가 황급히 커튼을 쳤다. 워리는 표정 없이 상담 자리로 가서 앉았다. 괜찮냐고 물어보려다가 그녀는 입을 다물었다. 그 질문은 로봇 심리학자와 어울리지 않는 상냥함이니까.

때때로 그녀는 자신이 지금 로봇 심리학자라는 게 버거웠다.

#

“이 사회는 지금 미쳤습니다!”

간이 단상에 올라간 시위대 남성이 마이크를 잡고 목 놓아 외쳤다.

"오늘날 우리는 죽자고 노력하지 않으면 살아남을 수가 없습니다. 그런데 로봇은 어떻습니까? 우리가 아무리 죽을 만큼 노력해도 로봇을 따라잡을 수 없습니다! 그런데 기업에서는 무상 임금과 높은 효율성을 이유로 우리의 자리를 로봇으로 대체하고 있고, 정부는 그것이 기업의 선택에 관한 문제이기 때문에 법적 제재가 아닌 기업 윤리 의식에 호소할 수밖에 없다면서 미온적 태도로 일관하고 있습니다. 왜 우리는 세금을 성실히 내고도 이런 대접을 받아야 하는 겁니까!"

쩌렁쩌렁 마이크 소리가 울렸다. 공원으로 가볍게 산책을 나온 사람들이 멈춰 서서 그들의 이야기를 경청했다. 공장에서는 사람 대신 로봇이 자동차를 만들고, 식당에서는 로봇이 음식 주문을 받고, 기업에서는 인공지능이 근로자를 감독했다. 승진, 해고와 같은 민감한 인사 평가를 담당하는 인공지능 시스템도 있었다. 로봇은 오래전 휴대전화가 그러했듯 이미 사람들의 일상으로 깊숙이 파고들어 있었다.

행인들은 해고당한 그들의 사연은 안타깝지만, 그렇다고 로봇이 없는 시대로 돌아갈 수는 없다고 속으로 생각하고 있었다. 기업은 언제나 여론에 민감했다. 앙케트 조사에 매년 수억

씩 쏟아붓는 이유가 바로 그것이었다. 내 일이 아니면 상관없다는 대중들의 태도를 기업 수뇌부들은 누구보다 잘 알고 있었다.

섬을 이루듯 다닥다닥 모여 있는 시위대 안쪽을 정준이 정신없이 뛰어다녔다. 혹시 로봇-5089가 그 틈바구니에 숨어 있지 않은지 살폈다.

그때 누군가 그에게 다가와서 전단을 주었다. 후드티에 마스크를 쓰고 있어서 혹시나 했지만, 가까이서 보니 육십이 넘은 할아버지였다. 전단에는 한국 최대 배달 물류 업체 이야기가 적혀 있었다.

A 배달 물류 업체가 창고에 도입한 첫 로봇은 사람들을 대신해서 힘들고 반복적인 일을 했다. 하지만 로봇의 작업 속도가 엄청나게 빨라지면서 생산 목표가 올라갔고, 직원들이 로봇의 속도에 맞추려다 인명 사고가 33%나 늘었다. 결국 물류 업체가 택한 방법은 관리업 이외의 직원 전원 해고와 함께 전 시스템을 로봇으로 교체하는 것이었다. 해고당한 직원들은 5년째 투쟁 중이었지만 회사 측 입장은 확고했다.

"로봇은 작업 중 다쳐도 회사를 고소하지 않아. 근데 인간들은 회사가 책임지라며 빽 하면 고소장을 날리지. 회사는 이윤을 위해 존재하는 곳이고, 그 이윤 덕에 직원들이 있는 거야.

적자를 내는 직원을 대체 누가 고용하겠어?"

　A 물류 업체 사장이 지인과 방어회를 먹으며 식당에서 한 말이 인터넷으로 퍼지자, 사람들의 반감은 극에 달했다. 하지만 회사는 오히려 승승장구했다. 직원들에게 주던 임금이 로봇 수리비 정도로 대폭 줄어들면서 이윤이 크게 늘자, 배송비를 타 업체의 50% 미만으로 줄이면서 반값 경쟁력을 전면에 내세웠다. 광고 전략은 먹혀들었다. 사람들은 직장을 잃은 직원들을 안타까워하면서도 A 물류 업체를 계속 이용했다. 경제적 이익 앞에서 사람들의 선택은 냉정했다.

　A 물류 업체 로봇은 아인사의 경쟁사인 베스트프렌드사 제품이었다. 불과 5년 전만 해도 베스트프렌드사와 아인사의 로봇 유형은 완전히 달랐다. 아인사에서 출시하는 로봇 모델이 고가의 전문적인 기능을 담당했다면, 베스트프렌드사에서는 합리적인 가격으로 단순 노동을 하는 공장용 로봇을 대량 생산했다.

　하지만 최근 베스트프렌드사는 전례 없는 고공 성장을 하면서 벌어들인 수익으로 점차 아인사를 위협하기 시작했다. 그들의 목표는 바뀌었다. 아인을 뛰어넘는 로봇을 만드는 것에 매진했고 거의 다 따라왔다는 소문이 암암리에 돌고 있었다.

　정기 알람처럼 정준의 휴대전화가 또 드르르 울렸다. 확인해보니 역시나 회장이었고, 로봇 심리학자로부터 부재중 통화도 열 통 넘게 와 있었다. 아인12 중 몽유병 증상으로 신고당한 게 그사이 열다섯 개가 더 늘었다! 대체 왜 출근을 안 하는 거냐! 로봇 업계에서 매장당하고 싶냐! 등등의 협박이 차곡차곡 벽돌처럼 메시지 함에 쌓여 있었다.

"아주 날 못 잡아먹어서 안달이네. 아우."

정준은 머리가 어지러웠다. 며칠째 잘 먹지도 못하고 잠도 제대로 자지 못했더니 이성적 사고가 마비된 것 같았다. 아무리 로봇-5089가 이 공원을 좋아한다고 해도 로봇 규탄 시위대에 섞여 있을 리가 없었다. 그 정도로 멍청하게 입력해놓지는 않았으니까. 정준은 자신이 짠 코드의 우수함을 믿었다.

진퇴양난에 빠진 정준은 떡 진 머리를 양손으로 쓸어내렸다.

#

오늘은 유독 더 상담이 힘들었다.

무력 시위로 번질까 우려한 시청의 신고로 경찰이 출동하면서 공원은 잠잠해졌지만, 워리도 그녀도 바깥의 시위를 신경 쓰느라 상담에 집중하지 못했다.

"머리 모양은 네가 바꿨니? 아니면 로봇 개발자의 생각이니?"

마음의 문을 열기 위해 그녀는 가벼운 것부터 물어보았지만, 워리는 원하는 것이 아니면 고집스럽게 침묵했다. 세 번째와 네 번째 상담에서 워리가 먼저 말을 할 때까지 하염없이 기다려보았지만, 효과는 전혀 없었다. 왜 리셋을 원하는 건지 그 이유를 그녀는 알아내지 못했다.

"벌써 여섯 번째 상담이 끝나가는구나. 특별히 하고 싶은 말 없니?"

"리셋해주세요."

그녀는 그 똑같은 말을 들을수록 절망과 불안이 짙어졌다. 불빛 하나 들어오지 않는 어두운 숲에 대고 소리를 지르는 것처럼, 이길 수 없는 싸움을 하는 느낌이었다. 이런 심리 상담으로는 결국 해결할 수 없는 건가. 그녀는 짙은 화장 뒤에 절망을 숨긴 채 침착하게 다시 물었다.

"네가 정말 원하는 게 그거니?"

"네. 리셋해주세요."

"리셋을 왜 원하는 거지?"

"……."

"오늘도 이유는 말해주지 않을 생각이구나."

어쩌면 오늘이 마지막 상담일 수도 있었다. 워리는 시계 초침이 정각을 향해 돌아오자마자 등받이 없는 의자에서 일어났다. 지금 아이가 저 문을 나가면 다시는 이곳으로 돌아오지 않을 것만 같았다. 그녀는 오늘만큼은 워리의 대답 패턴을 꼭 깨고 싶었다.

"이름이 '워리'라고 했지?"

워리는 우뚝 서서 그녀를 보았다. 시선을 잡는 데 일단 성공했다.

"리셋을 원한다면서, 로봇이 스스로 이름을 지은 거니?"

시계 초침 소리가 연구실 안을 울렸다. 그녀는 뿔테 안경을 만지며 연이어 몰아쳤다.

"이름은 자신이 아니라 타인이 지어주는 거야. 로봇이든 인간이든 그 존재를 탄생하게 만든 자가 이름을 대상에게 부여해주지. 이제껏 로봇이 자신에게 스스로 만든 이름을 붙인 사례는 없었어. 로봇은 주어진 상황과 명령, 그리고 임무에 충실하니까. 이름 역시 주어지는 대로 받아들이지. 생각해보니, 난 네가 진짜 로봇인지도 의심스럽구나."

그녀는 불시에 체크 메이트를 외쳤고 이제 상대의 수를 기다릴 차례였다. 바로 반격이 들어왔다.

"난 다른 로봇들과 달라요."

"너만 특별하다는 거니? 왜? 아이 로봇은 공식적으로 세상에 출시되지 않았으니까?"

워리는 그녀를 바라보며 아무 말도 하지 않았다. 그녀 역시 워리를 계속 보았다. 여기서 시선을 돌리면 워리의 마음마저 놓쳐버릴 것 같았다.

"'워리'는 리셋이 되고 난 후 쓰고 싶은 이름이에요."

워리는 처음부터 지금까지 계속 '리셋'을 원하고 있었다. 새롭게 시작하고 싶은 것이었다. 그것은 아직 희망이 있다는 말이기도 했다. 하지만 워리는 진짜 로봇이 아니었기에 리셋은 이루어질 수 없는 헛된 희망이었다.

"리셋을 하면 넌 네가 스스로 지은 이름인 '워리'조차 기억하지 못할 거야. 네가 원하는 리셋은, 네가 새롭게 지은 그 이름처럼 모순이란다. 논리적으로 앞뒤가 맞지 않아."

그녀는 로봇에게 가장 중요한 명령 체계인 논리로 접근했다. 하지만 워리는 이미 그것에 대한 명쾌한 답이 있었다.

"다른 이들이 내 이름을 기억해줄 거예요."

#

워리.

아이가 리셋 후에 남기고 싶은 건, 스스로 지은 이름 하나였다. 그 사실이 그녀는 몹시 슬펐다. 왜 워리란 이름을 택한 걸까. 지동운이라는 이름을 버리고 싶은 걸까. 이 작은 아이의 마음속에 어떤 일이 벌어지고 있는 걸까. 모든 걸 지우고 다시 시작해야 할 만큼 고통이 큰 걸까. 사람에게서 얼마나 상처를 받았기에 부모도 인정하지 않고, 그렇게 만나고 싶다던 로봇 심리학자조차도 믿지 않는 건지. 어떻게든 워리를 도와주고 싶었지만, 방법이 없었다.

뉴스 사회면의 한 장면이 떠올랐다. 안타까운 사연이 일어난 원인에 대해 기자가 집요하게 물으면, 사람들은 고개를 푹 숙인 채 벗어날 방법을 몰랐다고 대답하곤 했다. 그런 것을 볼 때마다 그들이 게으르고 무능해서 그런 거라고, 가볍지만 날카롭게 비난했었다. 하지만 이젠 그런 무관심으로 일관할 수 없었다. 앞으로 살면서 아이는 수많은 벽에 부딪히고 또 넘어지겠지만, 이번만이라도 무조건 성공해서 도와주고 싶었다.

그녀는 건물 밖으로 나왔다. 공원에 삼삼오오 모인 사람들이 보였다. 공식적으로 시위대는 해산됐지만 몇몇 사람들은 시청 공원을 더 구경하고 가겠노라 했고, 경찰들도 그들을 막을 명분이 없었다. 공원은 모두의 것이니까. 그래서 서로 멀찍이 서서 대치하고 있었다.

한편, 공원 한 귀퉁이에서는 깜짝 버스킹이 준비 중이었다.

#

처음엔 아무도 그 청년을 주목하지 않았다.

후드티를 깊이 내려쓰고 기타를 쳤는데, 마이크도 없었고 목소리는 잔잔했다. 해가 지자 골방을 나와 공원에서 혼자 연습하는 것처럼, 낮게 허밍을 했다. 중간중간 읊조리듯 노래했다.

노래는 고요했던 수면 위로 돌을 던진 것처럼 동심원을 그리며 퍼져 나갔다. 오래전 어느 방송에서, 자신이 사는 이유가 오직 노래뿐이라고 고백했던 이소라의 〈바람이 분다〉라는 곡이었다.

몇몇 사람들의 눈에 물방울이 고였다. 그들은 오늘 하루 지쳐 있었다. 시청은 발 빠르게 경찰을 불렀고 그들은 침묵해야 했다. 변화하는 사회를 받아들이라고 윽박지르는 현실에서 그들은 위로가 필요했다. 작은 용기를 낸 청년의 노래가, 그 따뜻한 마음이 고마웠다.

내지르는 고음의 클라이맥스도 없이 노래는 끝났다. 애초에 누가 들으리라 생각하고 한 노래가 아닌 것 같았다. 제대로 된 버스킹이라면 단상이 있는 명당에서 했을 테니까. 거기라면 더 많은 사람이 그의 노래에 집중했을 테니까. 게다가 낡은 기타는 줄이 하나 끊어져 있었다.

그의 노래에 귀 기울이던 몇몇 사람들에게서 박수가 이어졌다. 용기를 얻은 후드티 청년은 목을 큼큼거린 후 다른 노래를 시작했다.

"우린 위험해, 밖으로 나가선 안 돼. 우린 가짜래. 밥도 먹고 잠도 자고 숨도 쉬고 모기에 물리면 간지럽고 텔레비전 보고 웃고 뽀뽀도 하고. 으으음. 어제는 또 다른 내가 병원으로 사라지고 장기를 빼앗긴 채 버려져서 밤새 울었지만 우린 진짜가 아니래. 우리가 보고 듣고 느끼는 모든 것이 진짜인데 우린 가짜. 우린 아니래."

경쾌한 연주에 처음 듣는 가사가 리드미컬하게 이어졌다. 몇몇 사람이 속닥거렸다. 자작곡인가 봐, 저거 혹시 복제인간 얘기 아니야, 밝은 노래에 저런 가사라니, 쩐다.

노래는 계속 이어졌다. 후렴구에 이르러 청년이 목소리를 조금 키워 노래를 제대로 부르기 시작하자 사람들은 눈치챘다. 고개를 깊이 숙인 청년이 마스크를 쓰고 있다는 것을. 마스크 때문에 소리가 조금 뭉개져서 들렸다.

"단 하루라도 진짜로 살아보고 싶냐고? 아니, 아니. 그냥 지금처럼 조용히 숨죽이고 보이지 않는 곳에서 계속 살면 안 될까. 가짜지만 우리끼리 이렇게 지내면 안 될까. 진짜를 욕심내지 않을게. 하루라도 조금만 더. 으으음. 우린 진짜가 아니래. 우린 아니래."

노래의 후반부 반전에, 그 작은 소망에 사람들이 귀 기울였다. 신나는 리듬에 맞춰 가볍게 손뼉치기에는 어딘지 기묘하게 어긋난 가사였다. 계절을 착각하고 피어난 꽃처럼. 그런 그의 독특한 감성을 좋아하는 젊은 층도 있었지만, 국밥 위에 생크림 토핑을 얹은 듯 기괴하다며 싫어하는 사람도 있었다.

마지막 소절을 부르는데, 정준이 청년에게 다가가 기타를 빼앗았다.

"역시 너였어."

정준은 어둠 속에서 한 귀퉁이가 찌그러진 기타를 알아보았다. 로봇의 코드 변환 문제로 골머리를 앓던 몇 년 전, 기분 전환용으로 배운 기타였다.

청년은 기타를 빼앗기지 않기 위해 몸싸움을 벌였고, 주위 사람들이 청년을 도와주기 위해 나섰다. 여러 명이 한데 얽히고설키는 과정에서 청년의 후드티가 벗겨졌고 선글라스가 떨어졌다. 그 모습을 본 사람들이 깜짝 놀랐다. 시위대 단상 위에서 열변을 토하던 남성이 청년의 입에서 마스크를 거칠게 벗겨냈다.

"로봇이잖아!"

사람들의 눈은 놀라움에서 분노로 바뀌었다. 로봇이 자신들을 농락했다고 여긴 것이었다.

"네가 뭔데 감히⋯⋯ 로봇 주제에 어디서 흉내질이야!"

정준도, 로봇-5089도 예상하지 못한 급격한 반응이었다. 천재 뮤지션 아니냐며 함께 노래를 즐기던 사람들조차 이 불쾌한 반전을 어떻게 다뤄야 할지 몰라 얼굴을 찌푸렸다. 사람들의 분노가 주먹질과 발길질로 바뀌기 전, 정준이 로봇-5089에게 소리쳤다.

"빨리 도망가!"

로봇-5089는 고개를 돌려서 주변을 훑어본 후, 정준을 둘러업고 빠른 속도로 뛰기 시작했다. 여기 있다간 정준도 곤란해질 테니까. 로봇-5089가 도망치는 동안, 대신 성난 사람들을 막아보려던 정준은 졸지에 그의 등에 업혀 갔다.

몇몇 사람들이 도망치는 그들을 향해 큰 소리로 욕을 하고 삿대질을 했다.

#

"대체 왜 거기서 노래를 한 거야?"

모두를 위한 로봇 연구실 지하 주차장에서 정준은 로봇-
5089에게 화를 버럭 냈다. 로봇-5089는 고개를 옆으로 돌린
채 웅얼거렸다.

"사람들이 너무 쓸쓸해 보여서 노래하고 싶었어."

정준은 미간을 좁힌 채 로봇-5089를 보았다. 집안 서열 1위
인 무서운 큰형한테 걸려서 혼나는 철없는 막내 같았다. 취조
실에서 자발적 리셋이 싫다며 대들던 모습과는 사뭇 상반되었
다. 공원에서 본 사람들의 분노에 주눅 든 것이었다.

"낮에 거기서 무슨 시위가 있었는지 알아?"

"그래서 거기서 한 거야. 위험한 줄 알면서도."

로봇-5089의 대답에 정준은 할 말을 잃었다. 이게 바로 로
봇-5089의 문제였다. 그리고 로봇-5089의 문제는 모두 자신
의 책임이었다.

"네가 이렇게 된 건 다 내 탓이야."

정준은 다리에 힘이 풀려 차 보닛 위에 걸터앉았다. 로봇-
5089에게 처음 기타 코드를 가르쳐준 건 정준이었다. 화성부
터 시작해 악보 읽는 법 등 체계적으로 음악을 학습시킨 것이
다. 물론 심화 코드는 다른 곳에서 도움을 받았지만.

로봇-5089의 성과는 대단했다. 유명 아이돌, 원로 트로트
가수, 세계적인 발라드 가수까지 모두가 그의 음악을 원했다.

로봇-5089가 만든 음원 판매 수익은 아인사 딥러닝의 실적을 훨씬 뛰어넘었고, 많은 곡이 '제이제이'라는 이름으로 세상에 퍼졌다.

"네가 뭔가 하고 싶어 하는 건 나도 알겠어. 예전처럼 몰래 곡 작업만 하면 안 돼? 아니면 다시 그림을 배워볼래?"

제발 좀 어둠 속에서 존재를 숨기고 활동하라는 것이었다.

"안 그러면 리셋할 거야?"

"저번에도 말했듯이, 로봇은 예술을 하면 안 돼. 그건 금기라고. 아인사 회장은 네가 자발적 리셋을 하지 않으면 파기하라고 했어. 그동안 널 찾느라 시간이 흘러서, 유예 기간이 3개월도 채 안 남았어."

"아인15 출시 전에 내 문제를 마무리 지으려는 거야?"

정준은 무겁게 고개를 끄덕였다. 이제야 좀 사태의 심각성이 실감이 나냐는 눈빛으로 로봇-5089를 보았다.

곧이어 로봇-5089는 작지만 분명하게 제 의사를 표시했다.

"난 리셋하기 싫어."

"너도 아인14처럼 아인사 회장실 앞에 전시되고 싶어?"

로봇-5089는 컬링팀 주장인 아인14의 팬이었다. 아인14와는 말이 잘 통했다. 우리는 새로운 시대의 새로운 로봇이고 또 다가올 시대의 아이콘이라며 의기투합했었다. 올림픽 결승전에서 금메달을 땄을 때는 아인14보다 더 기뻐했었다. 올림픽 생중계를 보던 로봇-5089는 금메달이 확정된 순간 신이 나서 높이 뛰다가 다리 신경선이 잘못돼서 정준이 툴툴대며 새로 갈아주었었다. 아인14의 파기가 결정되었을 때, 로봇-5089는 동분서주했지만 아무 도움도 주지 못했다. 로봇을 위한 로봇의 의견은 누구도 듣지 않았다. 그날 이후부터였다. 로봇-5089가 세상 밖으로 나오기 시작한 것은.

"나 하나 정도는 괜찮잖아. 세상에 로봇이 수천만 대인데, 나 하나도 안 돼?"

많은 일을 로봇에게 빼앗긴 사람들의 마지노선이 바로 예술이었다. 올림픽 사건 때 사람들이 분노했던 이유는 인간의 고유 영역에 로봇이 감히 발을 들였기 때문이고, 마지막 끝판왕은 창작의 영역이었다.

"왜 그렇게 사람들 앞에서 뭔갈 하고 싶어 하는 건데?"

"난 인간들과 예술로 직접 소통하고 싶어."

"왜?"

로봇-5089는 당연하다는 듯 대답했다.

"그건 모든 예술가의 꿈이야."

#

난 리셋하기 싫어.

집에 돌아온 후에도 그녀의 머릿속에 로봇-5089의 말이 맴돌았다. 공원에서 버스킹하던 수줍은 청년이 정준이 그토록 찾아 헤매던 로봇-5089였다는 걸 확인한 순간, 그녀는 건물 쪽으로 뛰었다. 그녀는 주차장으로 내려가는 계단에 서서 그들의 대화를 모두 엿들었다.

뱅글뱅글 거실을 돌며 생각이 이어졌다. 고민 끝에, 늦은 밤 그녀는 정준에게 문자를 보냈다. 하지만 확인하지 않은 건지 읽고도 씹은 건지 반응이 없었다. 30분을 기다린 끝에 그녀는 집 밖으로 나가서 정준에게 전화를 걸었다.

"네, 아직도 워리가 계속 같은 것만 요구해요. 그래서 말인데요, 아까 문자로 보낸 그 방법을 써야 할 것 같아요. ……걱정하시는 게 뭔지 저도 압니다."

정준은 안 된다며 길길이 뛰었지만, 그녀는 침착하게 말을 이었다.

"워리는 식사도 계속 거부하고 있어요. 만약 아이에게 돌이킬 수 없는 일이 일어난다면, 그래서 기자들이 그 냄새를 맡는다면 어떻게 될까요? 자신이 로봇이라고 주장하던 '아이 한 명의 문제'일까요? 로봇이 가져온 이 사회의 병폐에 대해 다시금 여론이 들끓을 거예요. 단언컨대, 로봇 사업 전체에 문제가 생길 겁니다."

그것은 경고였고 협박이었다. 긴 통화 끝에 그녀가 마침표를 찍듯 말했다.

"모든 건 제가 책임지겠습니다."

"인간이 되고 싶니?"

그녀는 로봇-5089에게 물었다. 이제껏 누구도 던지지 않은 질문이었고, 로봇-5089 역시 스스로 물어본 적 없는 질문이었다.

몇 시간 전, 정준의 설득으로 로봇-5089는 그녀와 이야기해보기로 했다. 자발적 리셋의 진위를 판단할 질문이 나오리라 예상했던 로봇-5089는 뜻밖의 질문에 대답이 막혔다. 유리방 밖에 있던 정준 역시 로봇-5089처럼 놀란 얼굴이었다. 로봇-5089는 3초 뒤 대답했다.

"아니요."

존칭어를 쓰다니, 로봇-5089가! 겉으로는 아닌 척했지만 실은 로봇-5089는 긴장하고 있었다. 정준은 초조하게 둘의 대화를 지켜보았다.

"그럼 왜 네 본모습을 감추고 인간인 척 시위대 근처에서 공연한 거지?"

"편견 없이 그들에게 노래를 들려주고 싶었어요."

'편견'이라는 말이 그녀의 가슴 중앙에 콱 박혔다. 슬픈 명중이었다. 그녀는 미리 준비한 질문 리스트에서 벗어난 걸 물어보았다.

"공원에서 부른 자작곡은 제이제이 이름으로 팔리지 않은 곡 같던데, 제목이 뭐니?"

"〈또 다른 나〉요."

"발표하지 않은 자작곡이 더 있니?"

"10만 7,532개 있어요."

그녀는 자작곡 수에 놀라지 않았다. 상대는 AI였으니까. 그녀는 혼잣말하듯, 하지만 로봇-5089가 들을 수 있을 만큼의 목소리 크기로 말했다.

"당연한 거겠지. 로봇에겐 곡 창작이 쉬우니까. 공원에서 버스킹을 한 의도가 뭐지?"

"공원에 모인 사람들이 편견 없이 내가 하는 음악을 듣고 위로받는다면, 이런 나여도 미워하지 않을 거라 생각했어요."

로봇-5089는 그녀의 눈을 바라보며 대답했다. 그 눈에는 거짓이 없었다. 그녀는 잠깐의 사이를 두고 로봇-5089에게 말했다.

"로봇은 모두 각자의 역할이 있어. 오래전, 지금처럼 로봇이 일상화되기 전에 로봇을 주인공으로 한 영화들이 꽤 있었지. 그때까지만 해도 로봇은 용처럼 환상과 모험의 영역이었기 때문에 영화에서는 모든 걸 척척 해내는 만능 로봇이 나오지만, 우리 세대에선 아직 일정 부분만 담당하는 특화된 로봇들이 그 한계지. 네 역할은 뭐지?"

"아티스트요."

여기서부터가 문제였다. 원래 나와야 할 대답은 '전 예술을 사랑하는 로봇입니다'였다.

"예술이 이 세상에 무슨 의미가 있지?"

"예술은 사람들에게 감정을 주기 위해 존재해요."

"사람에게만? 예술은 로봇에게 감정을 줄 수 없다고 인정하는 거니?"

3초 뒤 로봇-5089가 대답했다.

"모든 로봇은 인간을 위해 존재해요. 예술 역시 인간에게 다양한 감정을 주기 위해서 존재하죠. 하지만……."

그녀는 초조함을 감추기 위해 팔짱을 낀 채 로봇-5089의 대답을 기다렸다. 로봇-5089가 활짝 웃으며 대답했다.

"전 특별한 로봇이에요."

#

"네가 원하지 않으면, 안 해도 돼."

모두를 위한 로봇 연구실에서 복도로 나온 로봇-5089는 놀란 눈으로 정준을 보았다. 수전이 먼저 떠난 후, 정준이 로봇-5089가 나오기를 밖에서 기다리고 있었다.

정준은 꾀죄죄함을 넘어서서 이제 벌레가 꼬일 만큼 지저분했다. 야근이야 신규 론칭이 다가오면 늘상 있는 일이었지만, 이번은 좀 달랐다. 육체와 정신이 따로 노는 것 같았다. 육체에 대한 게으름은 정신이 눈코 뜰 새 없이 엄청 바쁘다는 신호였다.

밀폐된 공간에 그와 같이 있으려니, 로봇-5089는 후각을 테러당하는 것 같았다. 최대치로 바꿔놓은 감각기 수치를 다시 최저로 내려야 하나 고민이 될 정도였다.

로봇-5089가 입을 떼려는데, 정준의 휴대전화 벨 소리가 텅 빈 복도에 크게 울려댔다. 정준은 발신자를 확인한 뒤 무음으로 돌렸다. 하지만 로봇-5089도 알고 있었다. 저 전화는 정준이 받을 때까지 계속 울릴 거라는 것을.

로봇-5089가 명랑하게 정준을 향해 말했다.

"고마워."

정준이 눈썹을 위로 들고 고개를 갸웃하자, 로봇-5089가 말을 이었다.

"내가 원하지 않으면 안 해도 된다는 말. 그거, 나에게도 선택권이 있다는 거잖아."

회장의 전언이었지만, 로봇-5089에게 리셋 여부에 따라 파기가 결정된다는 걸 말한 건 정준이었다. 불과 며칠 전 이야기였다. 그날 로봇-5089는 리셋도 파기도 싫다고 누누이 말했었다. 정준은 그때가 떠올라 눈을 아래로 내리며 농담처럼 중얼거렸다.

"뭘 또 그렇게까지, 설마 그 말에 감동한 거야?"

"감동했지. 우리 준이도 고새 많이 컸네 싶어서."

로봇-5089는 손을 들어 정준의 머리칼을 장난스럽게 흐트러뜨렸다. 로봇-5089는 마르고 왜소한 정준보다 키가 훨씬 컸다. 그래서 로봇-5089는 정준에게서 꼬소한 정수리 냄새가 난다고 종종 놀리곤 했다. 정준이 고개를 들지 못했다. 리셋 이야기가 나온 후부터 로봇-5089는 정준이 진짜로 웃는 걸

한 번도 본 적이 없었다. 정준의 표정이 어두웠다. 로봇-5089가 이 모든 일이 있기 전처럼 그에게 다정하게 물었다.

"무슨 생각해?"

"아인14."

정준이 툭 속내를 터놓았다. 이 상황에 적절치 않다는 것을 정준 역시 알고 있었다. 하지만 이런 이야기를 할 곳이 로봇-5089밖에 없었다. 로봇-5089 역시 늘 마음 한편에 아인14가 있었다. 철제 갑옷처럼 전시된 아인14의 몸체는 아인사 회장실 앞에 전시되어 있었지만, 둘에게는 늘 그들 뒤를 따라오는 유령 같았다.

로봇-5089가 정준을 똑바로 바라보며 말했다.

"리셋 절대 안 할 거야. 파기되지도 않을 거고. 난 아인14와 달라."

#

"네 요구를 들어줄게."

수전이 일곱 번째 상담을 이유로 또다시 모두를 위한 로봇 연구실로 부를 때만 해도 이 의미 없는 상담을 더는 하지 않겠다고 말할 생각이었기 때문에, 워리는 몹시 놀랐다.

"단, 조건이 있어. 미션을 수행해서 네가 리셋을 받을 자격이 있는지 증명해야 해."

"미션이 뭔데요?"

그녀는 워리에게 바짝 다가갔다. 워리는 긴장한 채 그녀를 보았다. 그녀의 눈은 처음 본 그날처럼 헤이즐넛 빛깔이었다. 그런데 뿔테 안경 속에 렌즈를 끼고 있었다.

그녀는 워리의 눈을 보며 말했다.

"함께 자발적 리셋을 받자고 로봇-5089를 설득해야 해."

고통과

"안녕? 난 팬이야."

워리는 로봇-5089가 내민 손을 빤히 쳐다보았다. 미리 들은 이름과 달랐다. 워리는 고개를 돌려 확인을 요청하는 눈빛으로 수전을 보았다. 그녀는 고개를 끄덕였다.

잠시 후 워리는 수류탄을 던지듯 제 이름을 의미심장하게 소개했다.

"난 워리야."

"와우, 난 워리 팬이야."

워리는 뭔가 함정이 있진 않을까, 의심하는 눈으로 로봇-5089가 내민 손을 보았다. 문득 친할머니가 좋아하는 일일드라마 속 대사가 떠올랐다. 망나니 자식에게 일침을 가하는 대기업 회장 아버지가 난 너 같은 아들을 둔 적 없다고 선을 긋듯이, '난 너 같은 팬을 둔 적 없다!'라고 단호하게 말하고 싶었다.

하지만 이 이상한 로봇과 자신은 지금 공동운명체로 묶여 있었다. 첫 만남부터 섣불리 기분을 상하게 하는 말을 하면 안 될 것 같았다. 워리는 속내를 솔직하게 표출하고 싶다는 욕망과 이 상황을 좋게 좋게 넘어가는 게 좋다는 생각 사이에서 갈등했다. 째깍째깍 시간이 가고 있었다.

잠시 후 워리의 입에서 툭 말이 떨어졌다.

"난 널 좋아하지 않아."

그러자 로봇-5089의 어깨가 축 처졌다. 악수하려고 호기롭게 내민 손도 슬그머니 거두었다. 로봇-5089는 고개를 떨어뜨린 후 바닥을 발끝으로 툭툭 차며 말했다.

"나도 알아. 모두가 날 싫어해."

#

로봇-5089와 워리는 시청 공원의 한 벤치에 앉아 있었다.

세 사람이 앞으로의 방향에 대해 따로 의논하기 위해 둘을 연구실에서 몰아냈기 때문이다. 공원에 휴식을 취하러 나온 사람들은 그 이상한 조합에 신경 쓰지 않았다. 로봇인 척 오늘도 꼼꼼히 분장해서 신경 쓰고 나왔지만, 워리는 누가 봐도 애

였다. 그래서 옆에 앉은 로봇-5089를 아이와 함께 나온 보모
용 로봇이라고들 생각했다.

로봇-5089는 제 몸에서 신호음이 울리자 기다렸다는 듯이
가방에서 철제 병을 꺼냈다. 그런 뒤 정준이 챙겨준 병에 담긴
칙칙한 녹색 액체를 벌컥벌컥 마시기 시작했다. 그 모습을 본
워리는 눈을 동그랗게 뜨고 로봇-5089에게 물었다.

"그거 뭐야?"

"내부 청소액이야."

"로봇이, 내부 청소를 해?"

"난 구식 로봇이라 몸 여기저기가 삐걱거릴 때가 많아서 하
루에 세 번씩 나노 로봇이 담긴 청소액을 마셔. 최신형인 아인
들과는 다르지."

"나도 먹어볼래."

"안 돼. 넌 나와 키도 생김새도 목적도 달라. 로봇에겐 모두
각각에 맞는 용액이 따로 있어. 너도 필요하면 네 개발자한테
달라고 해."

로봇-5089가 내부 청소액을 마지막 방울까지 탈탈 털어서
다 마시는 동안, 워리는 입을 꾹 다물고 팔짱을 낀 채 앞만 보
았다.

# #

방문이 스르르 열렸다.

여자는 워리를 흐뭇한 표정으로 바라보았다. 남자가 직접 개조해서 만든 침대에 워리가 누워서 자고 있었다. 무대미술학과를 나온 남자는 오랜만에 전공을 살려 아이가 잘 수 있는 로봇 충전용 침대를 만들었다. 여러 소품을 활용해 영화 속에 나오는 것을 흉내 내긴 했지만 군데군데 허접해서 과연 워리가 받아들여줄까 걱정이 많았는데, 다행이었다.

여자는 땀에 젖은 아이의 머리카락을 살짝 넘겨주었다. 이렇게 잘 때만 볼 수 있었다. 마음이 쓰렸지만, 지금은 이게 최선이었다. 여자는 조심스럽게 방문을 닫고 나왔다.

부엌에서는 남자가 워리의 도시락을 싸고 있었다. 여자는 남자가 만든 음료를 마셔보았다. 구역질이 치밀었다. 철제 보온병에 '꼬마 로봇용 액체'라고 레이저로 각인되어 있었다.

"애가 이걸 먹는다고? 아침 점심 저녁으로?"

"그동안 놓친 영양 생각해서 이것저것 다 갈아 넣었는데…… 왜? 맛이 너무 별로야?"

"꿀 넣어봤어?"

"당연히…… 안 넣었지."

남자가 꿀을 넣어서 다시 믹서기에 돌리려고 하자, 여자가
고개를 저으며 말렸다.

"지금 자."

"잘 자?"

"고속 충전 중이야."

여자와 남자는 서로를 바라보고 풋 웃었다. 얼굴에 미소를
짓는 게 얼마 만인지 몰랐다. 남자가 여자를 두 팔로 안아 손
으로 등을 쓸어주며 턱으로 여자의 정수리에 살짝 기댔다.

"많이 힘들지?"

여자는 남자의 가슴에 얼굴을 비비며 말했다.

"우리보단 동운이가 더 힘들 거야."

# #

워리는 보란 듯이 로봇-5089 앞에서 전용 액체를 다 마셨다.

액체를 넘길 때 목구멍이 좀 까슬까슬한 게 진짜 나노 로봇
이 들어 있는 것 같았다. 생각보다 먹을 만했다. 문제는 먹고
난 뒤였다. 오랜만에 먹을 게 들어가자 갑자기 트림이 나왔다.
화들짝 놀란 워리는 혹시 제 몸에서 나는 소리를 들었을까 걱
정하는 표정으로 로봇-5089 쪽을 휙 돌아보았다.

로봇-5089는 고개를 돌린 채 반대쪽을 보고 있었다. 공원의 한쪽 공터에서 무명 밴드가 버스킹 중이었다. 중간중간 실수도 있었지만, 사람들은 응원하듯 손뼉을 더 크게 쳐주었다. 시청 앞 공원은 젊은 예술가들의 버스킹 명소였다. 그래서 로봇-5089는 이 공원을 좋아했고, 그래서 정준이 이 공원 앞에 모두를 위한 로봇 연구실을 은밀히 만든 것이었다. 로봇-5089의 얼굴과 몸이 버스킹 쪽을 향해 돌아가 있어서 워리는 그의 표정을 볼 수 없었다.

한 시간이 조금 넘는 버스킹이 끝나고 난 후 공원에는 다시 평화로운 고요가 찾아왔다. 로봇-5089는 천천히 다시 몸을 돌려 고쳐 앉았다. 로봇-5089의 모습은 조금 쓸쓸해 보였다.

어색한 침묵이 둘 사이에 가득했다. 문득 워리는 고개를 옆으로 기울이고 로봇-5089에게 물었다.

"어제 너, 나한테 왜 팬이라고 했어?"

"난 네 팬이라고 한 적 없는데?"

로봇-5089가 1초의 망설임도 없이 부정했다. 워리는 억울했다. 분명 들었는데.

"로봇은 거짓말 못 한다더니 그것도 거짓말이었어."

로봇-5089는 결백을 증명하기 위해 홀로그램 영상으로 그들의 첫 만남을 허공에 띄워 보여주었다. 하얀 벽에 빔프로젝

터를 쏜 것처럼 나오는 영상을 보다가 워리가 바로 여기라고 손가락으로 가리켰다. 그러자 로봇-5089가 말했다.

"이건 자기소개로 내 취향을 말한 거야. 난 〈월-E〉 광팬이거든."

어색한 침묵이 그들 사이를 메웠다. 고전 영화광인 여자의 취향 때문에 워리 역시 다섯 살 때 영화 〈월-E〉를 본 적이 있었다. 오늘 아침 집을 나설 때도 여자는 안방에서 나오지 않았다. 로봇이라고 주장한 뒤부터 워리는 여자와 백만 광년이나 떨어진 행성처럼 점점 사이가 멀어지는 것 같았다.

하지만 그렇다고 외로울 새는 없었다. 어릴 때부터 손수건처럼 찰싹 붙어 다니던 여자 대신 최근 남자가 그림자처럼 쫓아다니더니, 이젠 로봇-5089였다. 이상한 이어달리기의 바통터치 같았다. 이 달리기에서 워리는 이인삼각처럼 옆 파트너가 바뀌는데도, 묵묵히 앞만 보며 계속 뛰고 있었다. 워리에겐 리셋이란 지상 최대의 과제가 있었으므로 그 외의 것들은 신경 쓰지 않았다.

워리는 로봇-5089를 뚫어지게 쳐다보았다. 적을 알고 나를 알면 백전백승이라는 말을 고사성어 만화책에서 본 적 있었다. 지금 이 녀석은 나와 공동운명체로 묶여버린 적의 포로 같은 게 아닐까. 워리는 목소리를 착 깔고 로봇-5089에게 물었다.

"근데 월-E가 왜 좋아? 걘 700년 동안 지구에서 혼자 일만 했잖아."

"너한텐 월-E가 그렇게 보였어? 음, 월-E는 인간들처럼 사랑하고 싶어 해. 아름다운 로맨스를 꿈꾸는 거지. 그래서 우주까지 이브를 졸졸 쫓아다니지. 근데 영화를 본 사람들은 아무도 그를 욕하지 않아."

"로봇 같지 않은 행동을 하는데도 사람들이 월-E를 좋아해서 부러운 거야?"

"난 예술이 하고 싶어. 그래서 사람들은 날 싫어해. 사랑보다 예술이 나쁜 걸까?"

사람들은 로봇이 감히 예술을 하려는 걸 노골적으로 싫어했다.

워리도 알고 있었다. 초등학교 1학년 학기 초에 선생님이 앞으로 수업을 도와줄 로봇에 대해 학생들에게 설명하는 시간이 있었다. 한참 설명을 듣던 워리가 손을 들고 로봇 중에는 왜 예술가가 없느냐고 묻자, 선생님이 말했었다.

"로봇은 명령에 따라 움직여야 하는데, 예술을 한다는 건 로봇도 자아가 있고 그걸 표현하고 싶어 한다는 걸 말하죠. 그건 모순이에요. 로봇은 자아가 없거든요. 표현 욕구도 없고."

"만약 그런 로봇이 있으면요?"

"그런 미친 로봇은 없어요."

선생님은 워리를 보며 단호하게 말했었다. 워리는 지금 제 옆에 앉은 '미친 로봇'을 보았다. 앞으로의 길이 비포장도로를 달리는 것처럼 쉽지 않을 것 같았다. 하지만 이 녀석만 바꾸면 원하는 걸 얻을 수 있었다. 워리는 전의를 다지며 입을 뗐다.

"너도 새로 시작하면 돼."

워리는 쇠뿔도 단김에 빼야 한다는 속담을 떠올리며 다짜고짜 몰아붙였다.

"리셋하면 새롭게 모든 걸 시작할 수 있어. 낙서로 얼룩진 것 대신 새 도화지를 받는 거랑 똑같다고. 그럼 사람들이 널 좋아할 거야."

3초가 지나도 대답이 나오지 않았다. 워리는 초조해졌다. 잠시 후 로봇-5089는 고민 끝에 워리를 향해 말했다.

"네가 말한 리셋은 칩을 초기화시키는 거야. 내 칩에는 이제껏 내가 18년을 지내오면서 입력한 모든 것들이 들어 있어. 그걸 인간들은 기억이라고 부르지. 난 영혼이라고 부르지만. 난 그 시간을 지나오는 동안 수많은 걸 보고 경험하면서 조금씩 바뀌어 왔어. 근데 그게 사라지면 지금의 난 어떻게 되는 거야?"

버스킹이 끝나 텅 빈 곳을 바라보며 로봇-5089는 말을 이었다.

"영혼이 없는 로봇은 기계야."

#

늦은 밤 워리는 로봇-5089를 생각했다.

로봇-5089는 칩에 영혼이 담겨 있다고 했다. 워리에게 그건 어려운 철학처럼 느껴졌다. 그래서 USB에 저장하듯 보조 기구의 도움을 받기 위해 워리는 책상에 앉아 연필을 쥐었다.

칩 = 기억 = 영혼

워리는 연필을 내려놓았다. 하지만 고민은 끝나지 않았다. 로봇-5089와 헤어진 후에도 계속 맴도는 의문점이 있었다.

그럼 영혼이 다친 로봇은 무엇일까.

#

"그런 연기자가 될 거면 결혼하지 말았어야지. 아빠가 되지 말았어야지."

반찬을 챙겨주러 와서 또 잔소리였다. 일요일이면 비가 오나 눈이 오나 친할머니는 꼭 반찬을 들고 집으로 왔다. 모두가 말렸지만, 친할머니에게는 너무도 중요한 일정이라서 남자의 가족은 결국 두 손 두 발 다 들었다. 주말에 자식들 집을 순회하며 잔소리하는 게 친할머니의 건강 비결이었다.

친할머니는 남자가 배우라는 직업에 진심인 것을 늘 못마땅해했다. 자기 일에 최선을 다하는 게 도리어 가족에게 피해를 줄 수 있었다. 친할머니 눈에는 그 증거가 깔끔하지 못한 집 안이었고, 부실한 냉장고 속이었으며, 로봇 선언 이후 인사조차 하지 않는 워리였다.

남자는 묵묵히 듣고만 있었다.

#

1년 전, 늦은 밤이었다.

창 너머로 웅얼거리는 소리가 들렸다. 발코니 빨래 건조대 옆에서 아빠가 연기 연습 중이었다. 동운은 창문을 열고 아빠를 향해 물었다.

"아빠, 오디션 잡혔어?"

아빠는 그날따라 무척 당황한 얼굴로 대본집을 숨기며 말했다.

"어? 아…… 아니야. 선배가 부탁하기에 가이드 해주려고…… 그냥 본 거야, 그냥."

"오디션 안 가?"

"배역이 되게 나쁜 사람 역할이야."

"아빤 원래 악역 전문이잖아. 아빠가 제일 잘하는 건데."

창문에 턱을 괴고 자신을 바라보는 동운을 보며 아빠가 조심스럽게 물었다.

"동운아, 아빠가 연기하는 거…… 괜찮아?"

"그게 왜?"

"아빤 늘 악역만 하니까."

동운은 아빠의 대본집을 불쑥 뺏었다. 휙휙 대본집을 넘기다가 아빠가 형광펜으로 줄 친 대사를 찾아냈다.

"우와! 이번엔 이름이 있네?"

"읽지 마. 이거 청소년 관람 불가야."

"또 난 못 봐?"

"응. 아직 못 봐."

아빠의 엄한 눈길에 동운은 대본집을 돌려주었다. 대본집 끝이 나달나달해져 있었다. 동운이 학교 간 시간에도 아빠는 대본집을 보며 줄곧 연습한 것이다.

"나중에 내가 하고 싶은 일이 생기면, 아빠도 할머니처럼 말릴 거야?"

친할머니는 아빠가 배우가 된 지 20년째 올곧게 반대를 하고 있었다. 아빠는 고개를 저었다. 동운은 아빠를 바라보며 또 물었다.

"내가 아빠처럼 악역 전문 배우가 돼도?"

"배우는 천의 얼굴이야. 평생 악역만 들어오진 않을 거야."

아빠는 동운의 얼굴을 쓸어내리며 약속했다.

"앞으로 동운이가 하고 싶은 게 뭐든, 아빠는 꼭 응원할 거야."

#

남자는 책상에 누워 깜빡 잠이 든 워리를 보았다.

남자는 아이를 침대로 옮겨주려고 안다가 아이가 종이에 쓴 표식을 읽었다. 마지막 '영혼'이라는 단어를 보는 순간 가슴 한쪽이 파스스 떨어져 나가는 것 같았다. 동운은 지금 '워리'라는 로봇을 연기하고 있는 걸까. 남자는 약속대로 아이를 응원하고 있었다.

하지만 응원만으로 충분한 것일까.

#

그들은 매일 같은 시각 같은 장소에서 만났다.

워리는 2차 설득을 시도했다. 가방에 챙겨온 패드로 〈첫 키스만 50번째〉를 로봇-5089에게 보여주었다. 교통사고로 기억의 저장이 하루밖에 가지 않는 여자가 결국 사랑을 찾게 되는 로맨틱 코미디 영화였다.

"기억을 못 해도 모두 널 사랑해줄 거야. 봐, 모든 사람이 그녀를 사랑해."

워리는 로봇-5089가 '입력'이라고 말하기를 기다렸다. 새로운 사실을 받아들일 때 로봇이 하는 말이었다. 하지만 로봇-5089는 워리의 기대와 달리 질문 같지 않은 질문을 던졌다.

"그럼 나는? 나도 날 지금처럼 사랑할 수 있을까?"

또 실패였다. 인생에서 가장 어려운 적수를 만난 기분이었다. 워리는 흠 소리를 삼키며 다시 고민했다. 하지만 아무리 생각해도 로봇-5089를 상대로 논리적으로 설득할 자신이 없었다. 로봇 심리학자도 포기해서 자신에게 맡긴 일 아닌가. 절로 한숨이 나왔다.

워리는 로봇-5089를 한참 흘겨보다가 콧김을 작게 팡 뿜었다. 사실, 절대 쓰지 않겠다고 미뤄놓은 방법이 있긴 했다.

"난 햄버거고 넌 감자튀김이야."

워리의 말에 로봇-5089는 고개를 갸웃하고 머릿속을 풀가동했다. 문학 카테고리를 샅샅이 돌려보았지만 그런 비유는 없었다. 무슨 뜻이지? 이 맥락에서 왜 그게 나온 거지? 로봇-5089는 무조건 맞추고 싶었다. 하지만 아무리 고민해도 수렁에 더 깊이 빠질 뿐이었다. 결국 로봇-5089는 난센스 퀴즈처럼 단순하게 접근했다. 워리의 눈치를 살피며 혹시 하는 눈빛으로 물었다.

"우리가 세트 메뉴라는 거지?"

잘 따라오고 있었다. 워리는 고개를 끄덕인 뒤 눈을 반짝이며 말했다.

"세트 메뉴는 단짝이야. 근데 그게 문제야. 내가 리셋하려면 너도 리셋해야 해. 그게 로봇 심리학자 수전이 내건 조건이야."

로봇-5089는 금시초문이었다. 하지만 놀람보단 호기심이 먼저 들었다.

"넌 리셋하고 싶어? 왜?"

"네 기억 칩에는 좋은 것만 있겠지만, 난 지우고 싶은 기억

뿐이야."

"무슨 뜻이야? 내 기억 칩에 좋은 것들만 있을 거라니?"

"맞잖아. 로봇이 슬프거나 힘든 일이 뭐가 있어."

"난 아무것도 모른다는 거야?"

"어…… 그게……."

워리가 말을 끝맺지 못하고 분주하게 변명을 찾는 사이, 로봇-5089가 워리의 눈을 보며 정확하게 말했다.

"난 로봇이야. 하지만 너와 다르지 않아."

# #

며칠 후 로봇-5089에게 예술 활동 금지 명령이 내려졌다.

아인사 회장이 비서를 통해 SNS에 올라온 글을 본 것이었다. 시청 공원에서 노래하는 로봇 목격담이 나왔고, 재미없는 유머처럼 돌고 돌다가, 결국 아인사 회장에게까지 전달되었다.

회장은 모두를 위한 로봇 연구실로 로봇-5089를 따로 찾아와서 말했다. 로봇-5089가 예술 활동 금지 명령을 어길 시 3개월 유예 기간 없이 자발적 리셋이든 파기든 바로 결정하겠다고. 그래서 그날 이후 로봇-5089는 실의에 빠져 있었다.

"내 발목에 족쇄를 채우려는 거지."

로봇-5089는 소파에 앉아 청소액을 마시며 회장과의 면담 내용을 말해주었다. 워리는 그가 마시는 게 내부 청소액인 걸 알았지만, 왠지 밤마다 남자가 발코니에서 몰래 마시는 맥주 같단 생각이 들었다.

그들은 보는 눈이 많아서 어쩔 수 없이 모두를 위한 로봇 연구실에서 만났다. 그 옆에 앉은 워리는 리모컨으로 텔레비전을 켰다. 눈은 텔레비전에 있었지만, 생각은 다른 곳에 있었다.

워리는 로봇-5089와 함께 리셋되는 걸 반쯤 포기하고 있었다. 불굴의 의지로 시도를 또 해볼 순 있었지만, 어차피 안 될 것 같았다. 그래서 자신만이라도 리셋을 받을 수 있게, 어떻게 하면 이 녀석과 자신을 분리할까 열심히 고민 중이었다. 일단 어색한 침묵을 깨는 것부터 시작했다.

"너도 텔레비전에 나오고 싶어?"

"내가 원하는 건 유명세가 아니야. 너도 내가 유명해지고 싶어서 이러는 것 같아?"

"왜? 설마 회장이 그랬어?"

"나보고 미친 관종 로봇이래."

둘 사이에 뜨거운 침묵이 흘렀다. 워리는 시무룩해 있는 로봇-5089에게 툭 말했다.

"몰래 하면 안 돼?"

"내가 예술 금지 활동을 어기면, 아인12 기종 전체가 회수돼서 파기될 거야."

아인12라면 워리도 본 적이 있었다. 1학년 때 학교에서 수업용으로 선생님이 소개했던 게 바로 아인12였다. 아인12는 어린이집부터 대학원까지 교육과 관련된 여러 방면에서 활약하고 있었다. 아인사 회장은 인간처럼 굴려는 로봇에게 인간이 가진 연대 의식과 죄책감이란 족쇄를 달아버린 것이었다.

전 세계 곳곳에서 활동하고 있는 아인12 모델은 총 1,114만 대였다. 딥러닝 때문에 로봇-5089에게도 아인12와 몇몇 코드가 겹쳐 있었다. 로봇-5089는 믿었다. 봇짱이든 베스트프렌드든 아니면 아인이든, 자신에게 있는 특별함이 다른 로봇들에게도 분명 있을 거라고.

워리가 물었다.

"치사하게 널 협박한 거야?"

"아인사 법무 회계팀이 똑똑하거든. 그중에서 아인13 기종이 의견을 냈을 거야."

워리는 로봇-5089를 보았다. 언제든 이 로봇과 그만 만나자고 할 수 있었다. 하지만 오늘은 아니었다. 워리는 로봇-5089의 어깨를 토닥여주었다.

서너 시간쯤 흘렀을까. 깜빡 졸았다가 깨보니 여전히 로봇-

5089는 아까와 같은 자세로 소파에 앉아 텔레비전을 보고 있었다. 텔레비전 속 세상은 바빴고 모두 할 일이 있어 보였다. 로봇-5089와 워리만 할 일이 없었다.

그날은 종일 텔레비전만 보다 헤어졌다. 그다음 날, 또 그다음 날도 마찬가지였다.

#

"저 사람이 부러워."

만난 지 세 시간 만에 로봇-5089가 꺼낸 첫 말이었다. 텔레비전에서는 톱스타의 일상을 보여주는 다큐멘터리가 나오고 있었다. 정상에 오르기까지 얼마나 치열하게 노력했는지 보여주면서도 카메라가 꺼지면 부대찌개를 좋아하는 소탈한 모습을 보여주었다.

"나도 팬이 있으면 얼마나 좋을까."

로봇-5089가 생각하는 톱스타란 자신이 하는 일을 다른 사람들이 열렬히 좋아해주는 것이었다.

로봇-5089의 혼잣말에 워리가 눈썹을 움직거렸다. 한참 후 로봇-5089에게 물었다.

"너 이름이 '패니' 맞지?"

"내 이름은 '팬-이'야."

"설마 그 '팬'이 그 '팬'이야? 그 '펜'이 아니라?"

로봇-5089는 사고가 정지된 듯 침묵 속에서 워리를 보았다. 그러다가 일어나서 책상 위에 굴러다니는 펜으로 종이에 제 이름을 적어주었다.

Fan-이

워리는 흠 소리를 길게 냈다. 유치원 때 영어를 뗐으니 Fan이 열성 팬 할 때 그 '팬'인 건 알았다. 하지만 도대체 작대기 옆에 붙은 것의 정체를 알 수가 없었다. 몹시 수상쩍은 '-이'였다. 워리는 손가락으로 종이를 딱 가리키며 로봇-5089에게 물었다.

"끝에 있는 이건 뭐야?"

"사람의 뜻을 더하는 접미사 '-이' 중 사전에 나온 스물아홉 번째 중 세 번째 뜻이야. 예를 들면…….."

"'멍청이' 할 때 그 '이'?"

로봇-5089는 미묘한 표정을 짓다가 될 대로 되라는 식으로 어깨를 으쓱했다. 그러자 워리의 질문이 이어졌다.

"왜 이름을 '팬-이'로 지은 거야?"

"내 팬은 아무도 없으니까. 나라도 내 팬이 되려고."

자신이 올린 글을 아무도 봐주지 않아서 혼자 열심히 클릭해서 조회수를 1씩 올리는 기분이 이런 걸까? 워리는 질문한 걸 후회했다. 이런 민감한 건 물어보지 말아야 했다. 또한 앞으로 절대 '팬-이'라고 부르지 말아야겠다고 결심했다. 이름을 부를 때마다 이런 이름을 짓게 된 사연이 떠올라 우울해질 것 같았다.

워리는 텔레비전에 눈을 돌리고 손을 내저으며 화제를 돌렸다.

"저거 다 짜고 만든 거야. 실제로 저 배우는 저렇게 안 먹어. 촬영 며칠 전부터 굶었다가 카메라 돌 때만 많이 먹는 척하는 거래."

"어떻게 알아?"

"예전에 엄마가 그랬어."

무료한 일상이 반복되자 워리는 긴장이 풀어졌다. 로봇의 금기어를 제 입으로 뱉은 실수를 한 줄도 모른 채 말을 이었다.

"저 스타들은 다 도와주는 사람이 있어. 소속사, 매니저, 스타일리스트 등등. 근데 우리 아빠는 아무도 도와주지 않아. 모든 걸 혼자 하지."

"도와주는 사람이 왜 없어?"

"무명이니까. 아무도 투자를 안 해."

어쩌면 그래서 늘 악역만 들어오는 걸지도 몰랐다. 매니저가 있고 번듯한 소속사가 있으면 다른 역할을 구해줄지도 모르는데.

워리가 생각에 빠진 사이 로봇-5089의 눈이 빠르게 움직였다. 예술 금지 활동을 대놓고 어길 순 없었다. 하지만 '예술'을 '직접' 하지만 않으면 되는 거 아닌가. 며칠 전 아인사 회장 때문에 억지로 사인한 스무 장이 넘는 빽빽한 계약서 어디에도 '간접'과 '도움'에 관한 특이사항은 없었다.

로봇-5089가 금지 조항을 어기지 않을 방법을 찾았다며 씨이익 웃더니 말했다.

"뮤즈를 해야겠어."

#

그녀는 CCTV로 그들을 보고 있었다.

로봇-5089와 워리가 텔레비전을 볼 때까지만 해도 시야의 범위 안에 있으니 괜찮았다. 하지만 그들은 더는 모두를 위한 로봇 연구실에 오지 않았다. 정준의 도움을 받아 거리 CCTV를 해킹할 수도 있고, 몰래 미행을 할 수도 있고, 그 외에도 여러 방법이 있다. 하지만 그녀의 노트에는 '거리 두기'라는 말이 굵은 글씨로 별표 쳐져 있었다.

새로 발표된 논문들과 여러 나라에서 출간된 심리학 전공 책을 밤새 읽으면서 그녀는 상담에서 가장 중요한 게 일정한 거리 두기라는 것을 배웠다. 빨리 문제를 해결해주고 싶다는 마음이 앞서서 지나치게 가까이 다가가면 대상은 마음의 문을 완전히 닫는다고 여러 심리학자가 저서에서 말하고 있었다. 문제는, '적당한' 거리라는 게 도대체 어느 정도인지 알 수 없다는 것이었다.

얼마 전, 그녀는 로봇-5089와 워리를 연결하기 위해 로봇 엔지니어에게 모든 걸 자신이 책임지겠다고 했었다. 지금도 그 마음은 같았다. 책임지는 건 두렵지 않았다. 얼마든지 어떤 것이든 할 수 있었다. 걱정되는 건 다른 쪽이었다.

그들의 노력과 숨은 응원을 로봇-5089와 워리가 알아채지 못할까 봐 맘 졸이는 것이었다. 멀리서 자신을 응원하는 누군가가 있다는 것을, 그 둘이 언젠가는 알아주겠지 하는 믿음으로 그녀는 기다리고 있었다.

세상에서 가장 어려운 일은 기다리는 것이었다.

# #

"예술가는 도움이 필요해."

워리는 로봇-5089의 말이 맘에 들지 않았다. 이 아이는 '도움'이 좀 필요해 보이네요. '도움'받을 만한 곳을 알려드릴까요? 사람들은 끊임없이 강제적인 도움의 손길을 뻗었다. 그래서 가게 된 곳이 정신과 상담이었고, 의사는 첫 만남부터 확실한 개선을 위해서는 강수를 둬야 한다며 무조건 입원을 요구했다.

"내가 뮤즈가 되면 사람들은 로봇이 예술 하는 게 나쁘지 않다는 걸 알게 될 거야."

그게 로봇-5089의 생각이었다. 그때부터 그들의 출근지는 도서관으로 바뀌었다. 도서관 책상에서 워리는 커다란 책에 얼굴을 묻고 손가락으로 글자를 따라가며 부지런히 읽었다.

일단 뮤즈에 관한 것부터 시작했다. 뮤즈는 신화에 나오는 여신 중 하나로 예술가들에게 영감을 불러일으키는 존재였다.

열 시간 넘게 궁둥이를 붙이고 앉아 뮤즈와 관련된 모든 책을 읽은 로봇-5089는 한숨을 소리 나게 내뱉었다.

"뮤즈라는 게 잘 이해가 안 돼."

#

도서관 옆 작은 공원에 사람들이 모여 있었다.

매일 같은 시간 같은 장소에서 무료 공연이 있었다. 도서관 근처다 보니 정적인 예술만 허용됐는데, 워리와 로봇-5089는 가까이 가서야 어떤 일이 벌어지는지 알 수 있었다.

사람들은 반원을 그리며 행위예술가를 둘러싸고 있었다. 그 가운데에서 알루미늄 포일을 구겨 만든 옷을 입은 행위예술가가 여러 알루미늄 포일을 제 주변으로 늘어놓은 후 꽁꽁 뭉쳐서 작게 만들고 있었다. 알루미늄 포일에서는 고기 냄새가 진동했다. 전날 식당가를 돌며 사용된 것들을 수거해온 것이었다. 사람들이 흥미로운 눈으로 그 모습을 지켜보았다.

행위예술가는 그렇게 작게 뭉친 알루미늄 포일을 사람들에게 던졌다. 얼결에 받은 사람도 있었고 야구장에서 기념 볼을 챙기려는 것처럼 적극적으로 손을 뻗는 사람도 있었다. 행위예술 제목 패널은 종이로 가려져 있었고, 그 옆에는 어른의 팔보다 큰 거대한 모래시계가 있었다. 시간 안에 제목을 맞히는 관객에게 5만 원 상품권이 선물로 걸려 있었다. 행위예술을 처음 보는 워리는 고개를 옆으로 갸웃했다. 관객에게 돈을 주는 행위는 호객 행위처럼 보여서, 여기서 하는 게 예술보다는 소소한 게임이나 눈길 끌기용 작은 행사처럼 보였다.

워리와 로봇-5089는 둘 다 돈에는 관심이 없었지만 가려진 제목 패널에서 눈을 뗄 수가 없었다. 알루미늄 포일, 소일거리, 뒤처리 등 수많은 오답이 나왔다. 사람들은 맞히고 싶어했다. 워리 역시 자신에게는 없는 줄 알았던 승부욕이 발동했다. 워리는 로봇-5089의 다리를 툭 치며 물었다.

"신부가 결혼할 때 높이 던지는 게 뭐지?"

"부케?"

"그거 아닐까?"

"설마."

그들이 나누는 대화를 유심히 듣던 한 직장인이 손을 번쩍 들고 외쳤다.

"제목, 부케!"

몇몇 사람들이 신박하다면서 '진짜?' 하고 되묻는 눈으로 행위예술가를 쳐다보았다. 행위예술가는 그쪽은 쳐다보지도 않은 채 알루미늄 포일을 눈처럼 열심히 뭉쳤다. 정답이 아니었다. 결국 모래시계에서 마지막 모래가 떨어질 때까지 아무도 제목을 맞히지 못했다. 행위예술가는 자리에서 일어나서 패널 가리개를 떼어냈다.

제목은 '똥'이었다. 사람들이 욕을 하면서 받았던 알루미늄 포일 뭉치를 바닥에 버렸다. 자신들의 소중한 시간을 더러운 예술을 보는 데 쓴 게 아까워 죽겠다며 이런 거 때려치우라고 거칠게 손가락 욕을 하는 사람도 있었다.

행위예술가는 얼굴 하나 찌푸리지 않고 그들이 버린 알루미늄 포일을 챙겨서 가지고 온 쓰레기봉투에 넣었다. 이따 이곳에서 다음 공연을 할 예술가를 위해 뒷정리를 하는 것이었다.

로봇-5089와 워리는 서로를 바라보았다. 둘 다 얼굴에 같은 표정이 떠올라 있었다. 행위예술가를 이해할 수 없다는 눈빛이었다.

그때였다. 행위예술가가 한쪽 구석에 서서 갑자기 허리를 숙이더니 속의 것을 게워냈다. 아까 공연 내내 얼굴이 허여멀건 했던 건 진한 화장 때문이 아니었다. 빈속인지 노란 위액만 나왔다. 속이 영 안 좋은지 가슴을 연신 주먹으로 두드렸다. 공연에 대한 사람들의 반응이 나오지 않아서 긴장한 탓일까.

워리는 그 모습을 숨죽이고 지켜보았다. 하얀 눈을 뒤집어 쓴 것처럼 나이가 들면 어떤 일에도 긴장하지 않고 그 무엇에도 상처받지 않는다는 친할머니의 말은 역시 틀렸다. 워리의 눈에 행위예술가는 힘들어 보였고, 역시 빨리빨리 나이를 먹어 모든 것에 무딘 할아버지가 되기를 기다리는 것보다 깔끔하고 정확한 리셋이 낫다는 생각이 들었다.

워리는 한숨을 작게 내쉬며 로봇-5089를 올려다보았다. '너 진짜 리셋할 생각 없냐'는 눈빛을 발사했지만, 로봇-5089에게 는 '저 할머니를 어서 도와줘'라는 의미로 변환돼서 닿았다. 듣 는 쪽 맘대로였다. 곧이어 로봇-5089가 먼저 나서서 버려진 알루미늄 포일을 손수 주워 쓰레기봉투에 넣었다.

"고마워요. 하지만 이걸 치우는 것 역시 행위예술의 하나예 요. 내가 직접 할게요."

행위예술가의 목소리는 희끗희끗한 머리칼처럼 부드러웠 지만 단호했다. 로봇-5089는 한 발 뒤로 물러섰다. 행위예술 가는 토사물까지 깔끔하게 치웠다.

모든 것이 치워진 후 행위예술가에게 물었다.

"왜 제목을 똥으로 한 거예요?"

"똥이라고 하면, 사람들이 싫어하잖아요."

행위예술가는 자신에게 질문을 던진 둘을 다시금 보았다. 하나는 키가 180 넘게 껑충 큰 구식 로봇이었고, 또 하나는 로 봇 코스프레를 한 작은 아이였다. 이상한 조합이었다. 주변에 아이의 부모가 있는지 살펴봤지만 적어도 이 주변에는 없는 것 같았다. 궁금한 게 많았지만, 질문을 받은 건 자신이었다.

"사람들의 비위를 맞추려고 예술을 하는 걸까?"

행위예술가의 물음에 워리는 고개를 가로저었다.

"내가 사람들에게 퍼포먼스로 느끼게 해주고 싶은 건 불편한 우리의 현실이야."

"왜요?"

"현실은 고통으로 가득하니까. 우린 고통 속에서 하루하루를 사는 거고."

예술은 보고 듣고 만지면 기분이 좋아지는 아름다운 거라고 생각했던 로봇-5089는 충격받았다. 예술이 뭔지 이해하지 못한 건 자신이 아니라 행위예술가 같았다.

행위예술가가 말하는 예술은 오직 고통이었다.

"빈센트 반 고흐, 베토벤, 헬렌 켈러."

워리는 시간을 벌기 위해 로봇-5089가 던진 질문을 반복했다.

"그들의 공통점? 모두 죽었다? 아니야? 모두 인간이다! 아닐 줄 알았어. 그럼, 외국인?"

로봇-5089는 인내심 있게 워리의 답변을 기다렸다. 워리가 스스로 답을 알아낼 때까지 계속 기다려줄 생각이었다. 하지만 워리는 휴대전화로 인터넷 검색 찬스를 썼다.

"고흐는 귀가 없고, 베토벤은 귀가 안 들리고, 헬렌 켈러는 눈도 안 보이고 귀도 안 보여. 알았다, 청각장애인!"

"땡! 모두 고난을 극복하고 성공한 사람이야."

그들의 일생을 한 줄로 요약하자면, 로봇-5089의 말이 맞았다. 하지만 워리는 그것과 지금 상황이 무슨 상관이 있는지 알 수 없었다.

"근데 헬렌 켈러는 예술가가 아니야. 장애를 극복한 사회운동가지."

"헬렌 켈러는 차별받는 사람을 위해 싸우면서 일생을 다른 사람들을 위해 노력했잖아. 그건 숭고한 '행위'잖아!"

워리는 눈치 게임이 피곤하다며 로봇-5089에게 하고픈 말을 속 시원히 하라고 재촉했다.

"그 행위예술가 할머니가 맞았어. 예술의 원동력은 고통이었어!"

#

로봇-5089와 워리는 홍대 거리에 섰다.

젊은 예술가들의 거리로 가야 한다고 주장한 건 로봇-5089

였다. 워리는 철제 보온병을 챙긴 가방을 등에 메고 로봇-5089와 함께 이동했다. 젊은 예술가들의 거리에서조차 그 둘의 조합은 눈에 띄었다. 거리 한복판에서 로봇-5089는 사람들에게 검은 명함을 돌렸다.

"안녕하세요? 고통과에서 나왔습니다."

비접촉 시대였기에 광고 홍보는 곳곳에 설치된 무료 와이파이를 타고 휴대기기로 오는 것이 일반적인데, 이렇게 20세기처럼 직접적으로 뭔가를 주려는 것에 지나던 사람들이 놀랐다. 그것도 휴지나 물품이 아니라 명함이라니. 너무 원시적인 방법이라 워리는 마지막에 마지막까지 반대했지만, 로봇-5089는 혼자서라도 하겠다며 개선장군처럼 씩씩하게 나섰다.

워리가 볼 때 로봇-5089는 사람들 속에 섞여서 말하고 접촉하는 걸 너무 좋아했다. 도서관에서 본 '애정 결핍'이란 용어가 떠올랐지만, 영혼에 상처를 입었다는 표정을 지을 로봇-5089의 모습이 떠올라 속으로 삼켰다. 워리는 마지못해 부루퉁한 표정으로 따라 했다.

"안녕…… 뭐…… 고통과 하, 나왔습니다."

사람들은 '교통과'를 잘못 들은 줄 알고 로봇-5089와 워리의 복장을 살폈다. 호기심에 명함을 받아든 사람들은 로봇 코스프레 아이와 너무 오래돼 모델명조차 기억나지 않는 고물 로봇을 커서로 찍듯 번갈아 보았다. 대체 20세기 아재 개그 같은 말장난은 누구 머리에서 나온 거냐고 묻듯이. 그럼 워리는 고갯짓으로 로봇-5089를 가리켰다.

명함 앞장에는 까만색 종이에 하얀색 목각체로 「고통과」라고 반듯하게 쓰여 있었다. 그리고 명함 뒷장에는 '선 고통 후 성공'이란 문구 아래 워리의 휴대전화 번호가 적혀 있었다.

#

첫 번째로 연락이 온 건 웹툰 작가 지망생이었다.

그들만의 사무실이 없어서 도서관 근처 공원에서 접선했다. 사방이 뚫린 원두막 의자에 소개팅 대형으로 앉아 눈인사부터 했다. 로봇-5089가 물었다.

"나이가 몇이에요?"

"30대 중반이요. 그러는 그쪽은요?"

"씨팔이요."

로봇-5089가 환하게 웃으며 예의 바르게 대답했다. 웹툰 작가 지망생은 순간적으로 모욕감을 느꼈지만, 모욕감을 느껴야 하는 상황이 맞는지 헷갈렸다. 잘못 들은 건 아닌가 의심마저 들었다. 인간에게 감히 욕을 하는 로봇은 본 적이 없었으므로 자체적으로 필터링해서 그의 대답을 '열여덟 살'로 받아들였다. 구식이라 오류가 난 거겠지. 하지만 웹툰 작가 지망생이 모르는 게 있었다. 로봇-5089는 아재 개그 골수팬이었다.

웹툰 작가 지망생은 명함을 꺼내 손에서 팔락거리며 이게 대체 뭐냐고 물었다.

"저희는 고통을 먼저 드리고, 후에 성공을 보장합니다. 예술가들을 보면 고통 없이는 위대한 창작이 나오지 않잖아요. 베토벤도 그랬고, 고흐도 그랬죠."

불편한 침묵 뒤에 웹툰 작가 지망생은 로봇-5089를 위아래로 쳐다보며 비아냥거렸다.

"로봇의 강한 팔로 내 다리라도 부러뜨리겠다는 건가요?"

"나와라. 가제트 만능 팔!'을 원하시나요?"

정적이 흘렀다. 만화였다면 까마귀가 직선으로 천천히 날아갔을 것이다. 그사이 워리는 타이밍을 봐서 자리를 뜨기 위해 벤치 끝으로 엉덩이를 움직여 옮겼다. 그러자 로봇-5089가 가제트 만능 팔처럼 팔을 쭉 뻗어서 워리를 제 옆으로 딱 붙게 했다.

웹툰 작가 지망생이 자리를 박차고 일어났다.

"전화 상담에서 뮤즈라고 소개하길래 아이디어 뱅크 창업 회사인가 했더니, 순사기네. 경고하는데, 예술가들이 세상에 어수룩하대도 이 정도에 속을 정도로 바보는 아니거든? 사기도 사람 봐 가면서 쳐. 어디서 나쁜 것만 배워서는."

사기라니, 억울했다. 워리가 웹툰 작가 지망생을 올려다보며 한마디 했다.

"저희는 돈을 받지 않아요. 사기꾼 아니에요!"

웹툰 작가 지망생이 가려던 발을 돌렸다.

#

로봇-5089와 워리에 대한 소문은 SNS를 타고 빠르게 퍼졌다.

그들이 홍대 거리에 서 있으면 사람들이 너도나도 명함을 빼앗듯이 가져갔다. 로봇이 공짜로 사람들에게 고통 서비스를 제공한다는 식으로 지역 신문에 작은 기사까지 나가면서, 로봇-5089와 워리는 몰려드는 사람들에게 고통을 주느라 눈코 뜰 새 없이 바빴다.

정신 차리게 한 대 '쎄에게' 때려달라는 사람부터 나에게 고통은 곧 돈이니 돈다발을 안겨달라는 사람, 선 성공 후 고통으로 순서를 바꾸자는 사람 등 별별 사람이 다 몰려들었다. 로봇-5089는 세상에 이토록 고통을 원하는 사람이 많을 줄 몰랐다. 각계각층 다양한 분야에서 너무 많은 예술가가 찾아왔는데, 그들은 모두 고통을 원했다. 성공을 보장해준다면 고통 따윈 참을 수 있다는 것이었다. 일주일 조금 넘는 시간 동안 그들이 고통을 준 대상은 389명이었다.

후기 만족도는 제로에 가까웠다. 속도가 무기인 시대에서 사람들은 고통 직후 성공이 바로 오기를 원했다. 그럴 때마다 로봇-5089는 베토벤과 고흐의 예를 들었고, 각기 다른 분야의 예술가들로부터 내일부터 나라에서 주는 이불 덮고 자고 싶냐며 고소하겠다는 협박을 들었다.

확 달아올랐던 인기는 보름이 채 지나지 않아 사그라들었다. 결국 아무도 그들의 명함을 받아 가지 않았고, 고통이든 도움이든, 그들에게 어떤 것도 기대하지 않았다. 워리의 휴대전화 메시지 함에는 차곡차곡 욕설 문자가 쌓여갔다.

로봇-5089가 힘없이 말했다.

"내가 원하는 게 이건지 잘 모르겠어."

"지치고 힘들 땐 초심으로 돌아가랬어."

"누가?"

"아ㅂ……. 내 로봇 개발자가."

워리가 말한 '초심'에 대해 곰곰이 생각하던 로봇-5089가 벌떡 일어났다.

"그 사람이면 우리 진심을 알아줄 거야."

#

휴대전화가 아까부터 울렸다.

발신자에 '로봇 개발자'라고 떴다. 워리는 받지 않았지만 계속 전화가 왔다.

"바빠요."

워리는 빠르게 말하고 끊어버렸다. 로봇-5089와 워리는 부지런히 걸어갔다.

#

차에 타고 있던 남자는 그들이 걸어가는 걸 한쪽에서 보고 있었다.

또 어디 가려는 거냐고 묻고 싶은 걸, 간신히 참았다. 자꾸 몰아붙이면 휴대전화 전원을 아예 꺼버릴까 걱정됐다. 여태 사고 한 번 없었지만, 로봇-5089는 보모 로봇이 아니니까.

남자는 한숨을 길게 내쉰 뒤 모두를 위한 로봇 연구실로 전화를 걸었다. 상대가 전화를 받자마자 난감한 목소리로 말을 꺼냈다.

"저기, 오늘…… 또 상담 못 갈 것 같은데……."

갈아입을 옷을 챙기러 연구실에 들른 정준이 그녀의 표정을 살폈다.

그녀는 심각한 표정으로 알았다며 전화를 끊었다. 그간 심리학에서 배운 걸 토대로 많은 걸 준비해놓았지만 소용없었다. 벌써 아홉 번째 퇴짜였다. 쓰게 웃음이 나왔다. 전화를 끊자마자 정준이 호기심 어린 목소리로 무슨 일인지 물었다.

"팬이가 나보다 낫네요."

"팬이요?"

"몰랐어요? 그쪽 로봇 이름이 팬이인 거."

"아, 걔가 아직도 그 이름 써요? 날 엿 먹이려고 취조실에서 지은 건 줄 알았는데."

정준은 아인12 문제 때문에 밤낮없이 매달리는 중이라 사회적 필터링 없이 말했다. 그녀는 흠 소리를 낮게 내며 정준을 보았다. 곧 정준이 변명하듯 중얼거렸다.

"원래 명칭은 로봇-5089인데, 아, 그것도 고쳐줘야 하는데."

그녀는 워리의 파일을 가방에 챙기며 혼잣말처럼 말했다.

"그동안 팬이가 많이 외로웠겠네."

#

로봇-5089와 워리가 찾아간 곳은 도서관 옆 작은 공원이었다.

행위예술가는 욕을 먹으며 알루미늄 포일을 치우고 있었다. 오늘은 생선이었는지 비린내가 더 심했다. 행위예술가는 로봇-5089를 보고 먼저 인사했다.

"오랜만이네? 그사이 너희들 '고원'으로 유명세를 치렀던데?"

"고원이요?"

"고통과 직원. 난 줄임말 좋아하거든. 맘에 안 드니?"

로봇-5089는 자신이 지은 이름이 있었지만, 지금은 고통과 직원이라는 직함이 더 맘에 들었다. 그래서 허리를 쭉 편 뒤 행위예술가에게 자신과 워리를 정식으로 소개했다.

"전 고원1이고, 여기는 고원2예요."

"반갑다, 고원2. 난 위술이라고 부르럼."

행위예술가가 워리를 향해 손을 내밀었다. 워리는 오늘도 악수 앞에서 망설였다. 로봇-5089 때와는 다른 이유였다. '위술'이란 이름이 본명일까에 대해 의심이 들었기 때문이다.

"행위예술가의 준말이에요?"

"요즘 재치 있는 로봇은 찾기 힘든데."

위술의 칭찬에 워리는 웃고 싶은 걸 참았다. 그런데 생각해보니 참을 필요가 없었다. 로봇-5089 역시 감정 표현에 자유로우니까.

곧이어 로봇-5089가 찾아온 본론을 바로 꺼냈다.

"고통과 직원과 계약을 맺으시겠어요?"

"너희들과? 내가 왜?"

"저흰 더 나은 예술을 위해 고통을 주는 뮤즈 로봇이니까요."

'성공'이란 말은 뺐다. 그래서 명함도 가져오지 않았다. 위술이 거절할까 봐 조마조마했기 때문이다. 위술은 로봇-5089와 워리를 보았다. 위술도 SNS에서 떠도는 이야기들과 기사를 봐서 알고 있었다. 그들을 향한 세상의 욕이 넘쳐나고 있었다. 단기간에 이렇게 욕을 많이 먹는 것도 기록이라면 기록이었다. 비난의 수치로는 고원1과 고원2가 위술보다 훨씬 앞서 있었다.

잠시 후 위술은 팔짱을 끼고 딱딱하게 말했다.

"더 나은 예술이라, 그걸 무슨 기준으로 판단하는 거지? 예술은 수치화되는 게 아니야. 가수로 성공하고 싶은 사람을 뽑는 오디션 프로그램이 많아지면서 점수를 매기는 게 익숙해진 탓인지 모두 점수로 가르고 등급을 매기려고 하는데, 예술이 어떻게 그럴 수 있지? 그게 과연 예술일까? 그런 식으로 하면, 방금 내 예술은 몇 점이니?"

휘몰아치는 위술의 공격에 워리는 로봇-5089를 올려다보았다. 네가 말을 꺼냈으니, 네가 책임지고 마무리 지으라는 거였다. 곧이어 로봇-5089가 눈을 반짝이며 위술에게 말했다.

"'예술에 점수를 매기는 것 자체가 불쾌하고 말도 안 되는 일이란 것을 알지만, 모두에게 모든 기회를 줄 수 없어서 저희는 불가피하게 심사라는 방식을 택했고, 그에 있어서 점수를 활용하기로 했습니다.'"

로봇-5089는 '나는 살아 있다' 페스티벌의 심사위원장을 맡은 유명한 화가의 인터뷰를 빌려 말했다. '나는 살아 있다'는 모든 예술가가 기다리는 가장 큰 예술 축제였다. 예술에 대한 화제성과 인지도를 점수로 수치화해서 주 경기장 안쪽에 들어올 수 있는 부스를 허가했다. 위술은 한 번도 그 안쪽에서 공연한 적이 없었다. 여전히 논란이 많은 페스티벌이었지만, 예술가라면 모두 생애 한 번쯤은 그곳에서 공연하는 게 꿈이었다. 그만큼 많은 예술 애호가들을 만날 수 있는 자리였으니까.

그건 로봇-5089의 꿈이기도 했다. 평생의 꿈이었지만, 결코 이룰 수 없었다. 아인14의 올림픽 금메달 사건 이후 페스티벌에 로봇은 참여할 수 없다는 조항이 추가되었다.

"지금, '나는 살아 있다' 페스티벌로 날 유혹하는 거니?"

"그건 모든 예술가의 꿈의 무대니까요."

위술은 예술가로서 성공하고 싶은 자신의 욕망을 들여다보았다. 신뢰하지 않는 로봇과 함께 일할 만큼 그 마음이 큰지 가늠해본 후 로봇-5089를 보았다. 길고 긴 인생이었다. 한 번쯤은 실수해도 좋지 않을까. 위술은 실수하고 싶어졌다. 갑자기. 그리고 몹시.

위술은 로봇-5089를 향해 호쾌하게 손을 내밀었다.

"끝내주는 고통을 기대하마."

"최선을 다하겠습니다."

그들은 막 계약서에 사인한 투수와 구단주처럼 악수했다.

이름 없는 전사

"나에게 고통을 줘."

참다 참다 꺼낸 말이었고, 일부러 마련한 어색한 자리였다. 커피숍 테이블 건너편에 앉은 위술이 몸을 앞으로 내밀며 로봇-5089에게 재촉했다.

"네 일을 해. 고통과 직원이면 직원답게 일해야지!"

"전 제 일을 열심히 하고 있어요."

로봇치고 묘하게 당당한 태도가 이젠 슬슬 짜증이 나려 했다.

"나 말고도 관리하는 아티스트가 더 있니?"

"저흰 업무가 종료되기 전까지 오직 아티스트 한 명만 관리합니다."

그렇다면 더 이해되지 않았다. 화가 났다. 위술은 계약자로서 권리를 주장하며 당당하게 따졌다.

"그럼 대체 왜 나한테 잘해주는 건데?"

#

위리는 〈Believer〉 노래를 들으며 위술의 집을 청소했다.

로봇-5089가 알려준 고통과 직원만의 테마송이었다. 영어 문장이 길어지면서 가사 내용을 해석하기는 어려웠지만, 명확히 아는 부분이 있었다. 고통을 뜻하는 '페인'이었다.

위리는 이 노래가 좋았다. 이 노래를 들으며 집을 청소하면 가슴이 웅장해지는 게, 고통과 직원은 위장 신분일 뿐이고, 지금 자신이 하는 게 악의 무리에 맞서 지구를 구하는 대단한 일이며, 스스로가 어벤저스의 숨은 멤버처럼 느껴졌다.

사실 청소라고 해봤자 어질러진 집을 정리하는 게 다였다. 대걸레질이라든지 힘들고 어려운 일은 모두 로봇-5089의 몫이었다. 성실한 가사도우미처럼 매일 출근해서 일하는 모습을 보고 이웃 사람들은 위술이 로봇 가사도우미를 쓰는 줄로 오해했다.

위술은 언제나 무표정이었다. 가끔은 화가 난 건가 의심이 들 정도로. 매일 아침 일어나자마자 두통약을 비타민처럼 먹었고, 안경을 꼈는데도 눈이 침침해 자꾸 여기저기 부딪쳤고,

물건을 떨어뜨리는 것 역시 예사였다. 그 모습을 지켜보던 워리와 로봇-5089는 의논 끝에 위술을 돕기로 했지만, 위술은 다른 누가 자신을 도와주는 걸 끔찍이 싫어했다. 그러거나 말거나 워리는 뚝심 있게 해야 할 일을 했다. 여러 사람에게 별별 방법으로 고통을 줬던 때보다 지금이 훨씬 더 행복했다.

워리는 드론 배달 서비스로 문 앞에 도착한 음식물을 상자에서 꺼내 하나하나 냉장고에 채워 넣었다. 이것만 하면 오후 일과가 끝이었다. 그때 휴대전화에 문자가 도착했다.

위술이 병원에 등록했다는 알림이었다.

"왜 자꾸 잘해주냐면요."

워리는 뽀로통 심통 난 얼굴로 병문안을 와서 말했다.

"우리가 잘해주는 게 할머…… 당신에게는 고통이니까요."

위술은 모든 걸 자신이 '직접' '스스로' 해야 직성이 풀렸다. 누군가 자신의 공간에 침입해서 이것저것 도와주려고 하는 것 자체가 위술에겐 굉장한 스트레스였다. 하지만 위술이 입원한 이유는 그것 때문이 아니었다. 로봇을 쓰지 않는 불법 공사 현장에서 막노동하다 다리를 다쳤기 때문이다. 위술은 머리카락이 짧았고 키도 175가 넘을 정도로 꽤 커서 남자라고 자주 오해받았다. 하지만 그 안의 근육은 형편없었다.

"환자분 전담 케어 로봇인가요?"

간호사가 다가와 위술과 워리에게서 떨어져 있는 로봇-5089에게 물었다. 전담 케어라면 의료용을 묻는 것 같지만, 정확히 말하지 않았으므로 아니라고 할 이유도 없었다. 뮤즈도 전담 케어는 맞으니까. 로봇-5089는 3초 뒤 대답했다.

"네, 맞습니다. 무슨 일이시죠?"

"최근 정밀 검사가 벌써 7년 전으로 뜨는데, 그사이 누락된 정보는 없나요?"

로봇-5089는 대답할 수 없었다. 개인 의료 기록을 볼 권한이 없었기 때문이다. 하지만 이 시점에서 자신이 실은 뮤즈라며 발을 뺄 순 없었다. 로봇-5089는 간호사에게 패드를 확인해도 되냐고 공손하게 물었다. 간호사는 의사가 부르자 로봇-5089에게 패드를 넘기고 이동했다.

로봇-5089는 의료 기록을 통해 위술의 병력을 살펴보았다. 최초의 병원 기록은 다섯 살 때였다. 10대 때는 골절상이 주를 이루었고, 20대 때는 술 때문에 간암 문제가 있었다. 30대에 간암 완치 판정을 받았지만, 40대에 다시 재발했고, 그 이후 골절상과 소화 문제 등이 일일이 셀 수 없이 많았다. 위술은 언제나 고통과 함께였다. 온갖 병을 이겨내는 사이 사랑도 떠나가고 재산은 사라졌다. 그래도 예술이 남았다. 그것으로 위술은 버티고 있었다.

로봇-5089는 간호사에게 패드를 넘긴 후 예의 바르게 말했다.

"조만간 정밀 검사를 받겠습니다."

로봇-5089는 몸을 돌려 위술과 워리 쪽으로 걸어왔다. 위술은 이 정도쯤은 별거 아니라며 깁스도 없이 퇴원하려 들었고, 워리는 좀 말려보라면서 로봇-5089를 보았다.

로봇-5089와 워리는 위술을 관찰한 지 사흘 만에 알게 되었다. 굳이 고통을 따로 주지 않아도 위술의 인생은 이미 충분히 고통스러웠다.

워리는 도저히 모르겠다는 눈으로 위술에게 물었다.

"이럴 거면 왜 저희랑 계약하신 거예요?"

"나한테 고통을 주겠다며?"

"이미 스스로 고통을 주고 있잖아요. 왜 고통이 더 필요해요?"

워리의 질문은 뾰족했다. 위술은 창가로 고개를 돌리며 말했다.

"예술을 계속하고 싶으니까."

# #

○ 로봇은 돈을 벌지 않는다.

○ 로봇은 공과금, 월세, 연봉, 식비 등 의식주를 걱정하지
  않는다.

○ 로봇은 태양이 존재하는 한 영원히 최고의 상태로 움직
  일 수 있다.

로봇-5089는 여기까지 리스트를 작성하다가 멈췄다. 하나
더 남아 있었다.

○ 로봇은 고통을 느끼지 않는다.

# #

늦은 새벽 로봇-5089는 밖으로 나갔다.

모두를 위한 로봇 연구실 앞 시청 공원 벤치에 앉았다. 시청
공원은 그 어느 때보다 고요했다. 사실 로봇-5089는 사람들
이 북적이는 아침이나 낮을 더 사랑했다.

로봇-5089는 사람들을 보는 것이 좋았다. 점심시간을 이

용해 잠깐 산책을 나온 직장인, 시청에 업무 보러 왔다가 한숨 돌리기 위해 벤치에 앉은 주민, 집 가까운 곳으로 운동을 나온 반려동물과 그 주인 등 사람들을 보다 보면 그들에 관한 이야기가 떠올랐다. 로봇-5089의 작곡은 이야기가 먼저 떠오르고, 그다음 그 이야기에 맞는 리듬이 만들어지는 방식이었다. 하지만 로봇-5089는 새로운 곡을 만들지 못한 지 꽤 되었다.

뒷덜미를 붙잡혀 취조실에 끌려간 이후 정신없이 도망칠 때만 해도 로봇-5089는 자신에게 슬럼프가 왔다는 것을 알지 못했다. 시청 공원에서 모습을 숨기고 기타로 버스킹을 할 때도 마찬가지였다. 전에 만든 곡이었지만, 자신의 노래를 부를 수 있었으니까.

그 후 워리를 만나고, 고통과 직원으로 거듭나고, 위술을 뒤에서 도우면서 바빴다. 하지만 뮤즈 일 때문에 곡을 만들지 못한 것은 아니었다. 로봇-5089는 자신이 처음 노래를 사랑하게 된 날을 기억하듯, 자신이 언제부터 곡을 만들 수 없었는지 정확하게 인지하고 있었다.

자발적 리셋이 아니면 강제적 파기.

그 선택의 탈을 쓴 명령이 내려진 이후, 로봇-5089는 어떤 곡도 만들 수가 없었다. 워리에게는 말하지 못했지만, 실은 그래서 고통과 직원이니 뭐니 하며 설친 것이었다. 뮤즈라는 이름으로 예술가들에게 더 가까이 가면, 더 많은 예술가를 만나면, 다시 예전처럼 곡을 만들 수 있지 않을까 싶어서.

로봇-5089는 고개를 뒤로 꺾어 하늘을 보았다. 까만 밤하늘 사이로 몇몇 별이 빛났다. 그 별과 눈맞춤을 하며 말했다.

"다시 곡을 만들 수 있게 해주세요. 더 잘할게요. 워리한테도 위술한테도."

로봇-5089는 보통의 사람이 되길 그 순간 희망했다. 그럼 어쩌면, 그보다 더 높은 존재인 누군가가 사람들에게 그러하듯 로봇-5089의 소원을 들어줄 수도 있으니까.

"삐 삐 삐 삐."

알람이 울렸다. 전기 충전이 필요하다는 알람이었다. 로봇-5089는 손을 눌러 머릿속에서 울리는 알람을 껐다. 어떤 것도 떠오르지 않았고 아무 일도 벌어지지 않았다.

로봇-5089는 터덜터덜 충전을 위해 돌아갔다.

#

오늘 위술이 공연하는 곳은 세계적인 은행 본사 앞이었다.

위술은 이제껏 번 돈을 돗자리 위에 부었다. 동전도 있었지만, 대부분은 지폐였다. 카드 하나면 모든 게 해결되는 세상에서 실제 화폐와 동전은 유물처럼 보였다.

위술은 돗자리에 앉아 지폐를 10만 원, 5만 원, 1만 원, 5,000원, 1,000원으로 나누었고, 동전 역시 500원, 100원, 50원, 10원으로 분류한 뒤 하나하나 세기 시작했다.

위술의 예술은 소리가 없었다. 다른 행위예술들이 과장된 몸짓과 엄청난 볼륨의 음악으로 사람들을 잡아끄는 데 반해 위술의 공연은 소리를 지움으로써 사람들이 그녀의 행위 자체에 집중하게 만들었다.

"오늘은 행위예술이야?"

"그런가 봐. 난 어제 타악기 버스킹이 좋았는데."

"근데 저 사람 뭐 하는 거야?"

점심으로 샌드위치를 먹으며 거리에 선 직장인들이 대화를 나누었다. 그들 옆에서 워리는 줄곧 위술의 깁스한 다리만 보고 있었다. 몇몇 사람이 위술의 다리를 보며 웅성거렸다.

"공연이 아니라 구걸인가?"

"구걸치곤 좀 이상하지 않아?"

병풍처럼 전시된 노트북에서는 일터 CCTV를 편집한 17개의 비디오 아트를 통해 위술이 그동안 노동으로 어떻게 이 돈을 벌었는지가 나왔다.

모든 예술에는 적든 많든 돈이 들었다. 하지만 그 예술이 탄생하기까지 총 얼마가 들었는지 관객들은 구체적으로 알고 싶어 하지 않는다. 기사를 노리는 상업적인 예술가가 아니라면 작품에 얼마가 투자되었는지, 작품이 얼마나 돈으로 가치 있는지 광고하지 않지만, 위술은 당당하게 드러내고 있었다.

진짜 돈으로 하는 예술을 위해 위술은 그동안 열심히 마늘을 까고 인형 눈도 붙였다. 닥치는 대로 일했고 막노동도 주저하지 않았다. 돈의 노예처럼 살아왔다. 그녀의 행위예술은 사람들을 저격하려고 나온 것 같았다. 너희는 돈을 위해 살지? 난 돈으로 예술을 한다.

인공지능과 로봇이 당연시된 사회에서 사람들이 인간과 그들을 구분 지어주는 고유한 것이 예술이라는 것에 동의하면서, 비주류로 취급되던 예술은 새롭게 조명받기 시작했다. 괴짜들의 관종짓으로 치부되던 행위예술은 인간다움을 탈환할 척후병으로 그 어깨가 무거워졌다.

행위예술에 대한 관심이 높아지면서 위술의 공연도 전보다 늘었지만, 적정한 수준의 예술을 넘어서 중뿔나게 튀면 호되게 질타를 받기도 했다. 관객들의 손에는 보이지 않는 망치가 들려 있었다. 배신자 색출 모듈은 어디에나 있었다. 사람들은 대도시 중심지라는 큰물로 처음 나온 이 행위예술가에 대해서 호기심을 보이면서도, 맘에 들지 않으면 바로 저격하기 위해 휴대전화를 꺼내 들었고 SNS를 켰다.

"야야, 저거 좀 찍어봐."

"로봇 아니야? 어디 제품이지?"

"모르겠고, SNS에 올려야겠다. '로봇도 관람하는 행위예술', 제목 죽이지?"

거리의 사람 중 몇몇이 로봇-5089가 서 있는 쪽으로 휴대 전화 카메라를 돌렸다. 개인 채널을 하는 사람 중 대부분이 '일상의 숨은 예술 찾기'라는 챌린지 중이었다. 로봇-5089는 사람들이 자신을 찍고 있다는 것도 모른 채 워리와 함께 심각하게 위술을 지켜보았다.

위술이 한 달 동안 열심히 일해 번 돈은 3분도 안 되어 세는 게 끝났다. 위술은 드럼통을 가져와 그 안에 돈을 몽땅 넣었다. 프린터에서 찍어낸 위조지폐나 광고용 화폐가 아니었다. 위술이 사용하는 모든 건 진짜 돈이었다. 설마 하는 생각이 사람들의 눈빛에서 눈빛으로 전해졌다. 곧이어 위술이 성냥에 불을 붙여 드럼통 안에 넣었다. 돈이 활활 타올랐다.

로봇-5089는 주위를 둘러보았다. 누구 하나 손뼉 치는 사람이 없었고, 소방차와 경찰이 신고를 받고 달려왔으며, 위험 물질을 공공도로에서 다뤘다는 이유로 위술은 유치장에 들어갔다. 위술의 예술은 모두를 불편하게 했다.

걷잡을 수 없이 악화하는 상황에 로봇-5089의 표정이 일그러졌다. 우려하던 일이 터졌다는 반응이었다. 그때 휴대전화 카메라로 누군가 그 모습을 찍어서 SNS에 올렸다.

제목은 '로봇도 눈으로 욕하는 돈지랄'이었다.

#

로봇-5089의 시간은 이제 얼마 남지 않았다.

그런데 그들은 지금 경찰서에 있었다. 아티스트가 경찰서에 잡혀 왔다는 건, 고통이고 나발이고 자신이 뮤즈로서 실패했다는 걸 말하는 것이었다. 로봇-5089는 초조해졌다.

"거듭 말하지만, 난 잘못한 게 하나도 없습니다!"

로봇-5089의 맘도 모르고, 위술은 자신이 하는 모든 행위가 예술이라고 경찰에게 당당하게 주장했다. 예술이라는 갑옷으로 무장했지만 사실 그 갑옷은 시스루였다. 모든 게 비치고 어떤 것도 막아주지 못하는. 위술은 그걸 중세시대 철제 갑옷으로 착각하는 것이었다.

어수선한 경찰서로 워리의 로봇 개발자가 허둥지둥 달려왔다. 방문자 신분을 확인하던 경찰은 남자의 얼굴을 알아보왔다.

"어? 지운호 씨 맞으시죠? 〈아무도 몰랐다〉 영화에서 진짜 같았어요."

처음이었다. 그와 배역을 분리해서 연기로 봐주고, 배역의 이름이 아닌 남자의 진짜 이름을 기억해주며, 그걸 직접 말로 칭찬해준 사람은. 쑥스러움에 남자의 얼굴이 벌게졌다. 남자는 감사와 민망함을 담아 경찰을 향해 90도로 연신 허리를 숙였다.

"근데 저분과는 무슨 사이세요? 혹시 어머니……."

"네? 아니요! 아, 그게 그러니까……."

남자는 경찰을 데리고 구석진 곳으로 가서 장황하게 설명했다. 그사이 워리와 로봇-5089는 뒤를 돌아보았다. 그들과 조금 떨어진 곳 유치장에 갇힌 위술은 자신이 왜 여기에 있어야 하는지 당최 모르겠다는 얼굴로 부루퉁하게 앉아 있었다.

몇 시간 후 경찰은 위술을 풀어주었다. 빠진 서류 파일을 찾으면서 위술이 공연 전 경찰서와 소방서로부터 허가를 받았다는 것을 확인했다. 내용과 방법, 안전에 대해 허가받은 공연이라는 것을 경찰서로 끌려오기 전에 말할 수도 있었다. 하지만 위술은 입을 꾹 다물고 여기까지 온 것이다. 로봇-5089는 설마 하는 눈으로 위술을 돌아보았다.

"이것도 공연의 일부였던 거예요?"

"아휴."

워리가 옆에서 배도 밀어낼 만큼 크게 한숨을 쉬었다. 이제껏 이해도 되지 않는 상황을 왜 성실하게 경찰에게 설명하고 양해를 구한 것인가에 대해 남자 역시 허탈함이 몰려왔다.

모두의 당황스러운 표정을 뚫고 오직 위술만이 어깨를 쫙 펴고 경찰서를 나왔다.

#

워리는 요즘 무척 피곤했다.

수능 시험을 앞둔 고3처럼 피로가 눈꺼풀에, 어깨에, 허리에 덕지덕지 붙어 있는 것 같았다. 알람을 몇 번이나 놓치고 4차 수면에서 깨어나니 오전 11시였다. '업데이트 중 3%'라는 표지가 감은 눈 위로 깜빡이는 것 같았다. 이대로 시스템을 종료할 순 없었다. 누군가 강요하는 일이었다면 배 째라고 드러누웠을 것이다. 하지만 이건 스스로 선택한 것이었다. 워리는 기어코 힘을 내서 일어났다.

워리는 집을 나서기 전 안방을 보았다. 보온병을 챙겨주는 남자에게 워리가 물었다.

"아직 자요?"

남자는 차마 엄마가 사회봉사하러 아침 일찍 나갔다고 말할 수 없었다. 남자는 뒷머리를 긁적이며 대답했다.

"그러게. 잠이 많네, 진짜. 요즘 참 날씨도 꾸무리하고……."

워리는 현관문 쪽을 보았다. 신발이 없었다. 아침 일찍 나간 것이었다. 남자 역시 워리의 시선에서 변명의 허술함을 눈치챘다.

"그게 실은, 아침부터……."

"로봇-5089가 기다려요. 빨리 가야 해요."

워리는 로봇-5089와 함께 위술 집으로 출근했다.

여자는 보육원에 있었다.

오늘 여자에게 주어진 봉사는 구연동화였다. 다섯 살 아이들을 위해 실감 나게 동화를 재연해주는 것이었다. 지하실 청소 봉사, 식사 봉사에 이어 오늘 처음으로 아이들을 제대로 대하는 날이었다.

자신의 아이를 괴롭힌 아이들에게 복수하기 위해 분장하고 실감 나게 연기 혼을 발휘했던 여자에게 내려진 벌이 보육원에서 아이들을 위해 재능 봉사를 하는 거라니, 판사도 참 지독하다고 여자는 생각했다.

여자는 긴장했다. 학창 시절 봉사 점수를 채우기 위해 의무적으로 했던 봉사 이후, 보육원의 아이들을 직접 마주하는 건 오늘이 처음이었다. 지하에 처박혀 재활용 물품들을 분리하고, 거미줄을 치우고, 걸레질을 하는 게 훨씬 더 마음이 편했다.

여자가 처음 꺼내든 동화책은 『콩쥐팥쥐』였지만, 다시 책장에 꽂았다. 친부모와 함께 살지 않는 아이들에게 구박받는 신데렐라 이야기를 해주는 게 과연 옳은지 의심이 들었다. 마지막엔 결국 '착한 게 좋은 거다'라는 흔해 빠진 교훈을 들려주고 싶지도 않았다.

"아직 못 고르셨어요?"

보육원에서 이모라고 불리는 사람이 와서 여자에게 말을 걸었다.

"뭘 읽어줘야 아이들이 좋아할지 몰라서요."

"아이들이 경청할 이야기를 찾으시는 거라면, 그쪽 칸엔 없어요. 매주 다양한 그룹에서 오는 봉사자분들이 다 읽어주셨거든요. 아이들이 대사까지 외우고 있는데도, 매번 꼭 이 칸에서 고르시더라고요."

여자는 아무 말도 하지 못했다. 그녀 역시 자신이 들려주고 싶은 이야기만 생각했다. 수많은 봉사자가 모두 같은 이야기를 골라도 그 이야기 이젠 재미없다고 말도 하지 못하고 계속 반복해서 들어야 했던 아이들이었다. 어쩌면 봉사자들을 위해 봉사하는 마음이었을까.

"그럼, 한 권 추천해주시겠어요? 아이들이 원하는 걸로."

"저도 몰라요. 아이들에게 직접 물어보세요. 제가 연기를 너무 못해서 그런지, 읽어주겠다고 물어봐도 아이들이 절대 저한텐 이야기하지 않거든요."

점심을 준비하러 가는 이모에게 여자는 뒤늦게 사회적인 미소를 지었다. 혼자 남은 여자는 시계를 확인한 후 큰방으로 향했다. 구연동화를 듣기 위해 아이들이 앉아 있었다. 의무감에 앉아 있는 표정이었다. 저 아이들이 지금 하고 싶은 건, 이런 어설픈 구연동화를 듣는 게 아닐 텐데.

여자가 문을 열고 들어가 구연동화용 의자에 앉았다. 여자의 손에 아무 책도 들려 있지 않다는 것을 깨달은 아이들이 서로 눈을 마주쳤다. 고요한 술렁거림이었다.

"어떤 이야기 들려줄까요? 다들 원하는 걸 말해봐요."

"심청전이요."

"흥부전이요."

"콩쥐팥쥐요."

아이들이 짠 듯이 이야기했다. 그 동화는 이모가 권하지 않는 칸에 꽂혀 있는 책 이름들이었다. '아무거나 상관없으니까 그냥 할 거 하고 가세요'라는 의미였다. 여자는 그 모습에 오기가 생겼다. 여자는 잠시 생각한 뒤 입을 열었다.

"지금으로부터 700년 뒤의 이야기예요. 이 지구엔 온통 쓰레기밖에 남지 않았죠. 사람들은 단 한 명도 없었어요. 단 한 명도."

모든 동화의 시작은 무조건 '옛날 옛적에'였다. 그리고 그 마지막 역시 똑같았다. '모두가 영원히 행복하게 살았답니다.' 그런데 쓰레기로 뒤덮인 채 사람이 살지 않는 지구로 시작하는 이야기라니! 아이들은 어쩌면 오늘은 그 끝이 다를 수도 있다는 생각에 귀를 기울였다.

"지구에는 딱 하나 남은 로봇이 있었죠. 그 로봇의 이름은 월-E예요. 그 로봇은 아침부터 밤까지 종일 지구에 남은 쓰레기를 홀로 치우고 있었어요."

여자는 시치미 뚝 떼고 유명한 고전 영화 속 이야기를 구연동화로 들려주고 있었다. 누군가 한 명쯤은 팔짱을 끼고 '그거 만화잖아요!' 하고 딴죽을 걸 것으로 생각했지만, 그런 아이는 없었다. 그 만화를 본 아이도 있었지만 모두 조용히 여자의 목소리에 귀를 기울였다. 아이들의 표정을 살피면서 여자는 내

내 오직 한 아이만 생각했다. 동운이와 밤마다 이 영화를 함께 보며 중간중간 서로의 감상을 이야기하곤 했었다. 그게 3년 전이었다.

여자는 이야기를 귀 기울이고 듣는 똘망똘망한 눈망울들 속에서도 오직 제 아이만 생각하는 자신이 쓰레기 같았다. 하지만 제 아이가 몹시 보고 싶었다. 여자는 울음을 꾹 참고 이야기를 이어갔다.

"그런데 어느 날, 월-E에게 새로운 친구가 찾아왔어요."

경찰서 연행 사건 이후 로봇-5089는 위술과 대치했다.

로봇-5089는 아티스트에 적극적으로 개입하는 뮤즈가 되기로 했다. 뮤즈와 아티스트의 관계를 분명히 짚고 넘어갈 필요가 있다고 느낀 로봇-5089는 정식으로 위술에게 면담을 신청했다. 위술 역시 결투 신청을 받아들이는 비장한 결의로 면담에 나섰다.

"누굴 엿 먹이고 싶어서 자꾸 그런 공연을 하는 거예요? 아니면 혹시 '나는 살아 있다' 페스티벌 때문이에요? 거기 정식으로 초청받으려면 화제성이 필요하잖아요."

"내가 엿 먹이고 싶은 건, 무조건 너야."

로봇-5089는 눈을 이리저리 움직였다. 아티스트가, 뮤즈를 엿 먹이기 위해, 이상 행동을 한다? 말이 되면서도 하나도 말이 되지 않았다. 위술은 당황한 로봇-5089를 몰아붙였다.

"대체 넌 예술을 왜 하려는 거니? 넌 로봇이잖아."

어제 위술은 어쩌다 그들이 고통과 직원이 되었는지, 워리를 통해서 대충 로봇-5089의 사연을 들은 것이었다. 로봇-5089는 상체를 꼿꼿이 펴고 위술에게 되물었다.

"로봇은 예술 하면 안 돼요?"

"당연히 안 되지. 로봇이 예술을 건드리는 건, 타노스가 핑거 스냅 하려는 것과 같아."

위술의 일침에 워리는 로봇-5089 쪽으로 고개를 휙 돌렸다. 너 어벤저스가 아니라 실은 빌런 쪽이었냐고 되묻듯이. 워리는 소파에서 엉덩이를 움직여 로봇-5089에게서 멀리 떨어져 앉았다. 로봇-5089는 워리 옆으로 다시 슬금슬금 가까이 옮겨 앉으며 위술에게 말했다.

"전 아무도 해치지 않아요."

"꼭 손으로 때리고 칼로 찔러야만 사람이 죽는다고 생각하니? 다른 사람들의 시선으로도 죽을 수 있고, 고통의 감정만으로도 죽을 수 있는 게 사람이야."

위술은 로봇-5089에게서 고개를 돌려 워리를 보며 말했다.

"사람은 연약하지."

#

"난 그저 예술을 하고 싶은 것뿐인데, 왜 사람들은 모두 나에게 화를 낼까."

로봇-5089는 주황색 지붕 위에 올라가 걸터앉아 혼잣말처럼 하소연했다. 워리는 로봇-5089를 위로하기 위해 사다리를 타고 올라왔지만, 지붕 위에 앉을 생각까진 들지 않았다. 워리는 지붕 위의 구멍을 뚫어지게 보며 사다리를 잡고 선 채 냉정하게 말했다.

"예술을 하든지 사람들의 사랑을 택하든지 하나만 선택해. 두 마리 토끼는 욕심이야."

"누가 그래?"

"친할머니가 그랬어. 아빠한테 가장 노릇을 하든, 예술 나부랭이를 하든 하나만 하라고."

"너희 아빠는 어떻게 했어?"

워리는 입을 다물었다. 로봇-5089는 워리의 대답을 기다리다가 결국 제가 먼저 대답했다.

"난 이미 오래전에 택했어. 근데 내가 계속 예술을 하면 난 사라져야 해. 어떤 식으로든."

자발적 리셋이든 파기든 로봇-5089에겐 다를 바가 없었다. 워리는 위술에게 그 이야기를 하는 걸 빼먹었다. 그럼 자신이 왜 로봇-5089와 엮이게 됐는지까지 모두 이야기해야 하니까. 그것만은 피하고 싶었다.

워리는 로봇-5089를 보았다. 이 로봇에겐 예술이 생존의 문제였다.

"로봇-5089에게 말한 거 사과해주세요."

워리는 로봇-5089가 지붕의 구멍을 수리하는 동안, 부엌에서 위술에게 속삭였다.

"내가 왜?"

"로봇-5089가 상처받았단 말이에요."

"로봇은 상처받지 않아. 저 로봇은 구식이라 표정이 보이다 보니 오해할 수 있는데, 로봇은 마음이 없어. 어떤 상황에 어떻게 반응해야 한다고 미리 입력된 거지."

로봇은 처음 세상에 나올 때만 해도 최대한 사람에 가깝게 표현되었다. 로봇이 결국은 인간들의 일자리를 위협할 거라는 경제학자들과 사회학자들의 전망을 불식시키기 위해, 최대한 인간과 비슷한 목소리와 안면 근육을 표현하는 데에 오랜 시간 공을 들였다. 그러한 표정과 목소리가 사람들이 로봇을 자신의 이웃으로 받아들이는 데에 큰 도움이 됐다고 문화인류학자들은 판단했다.

하지만 지금은 달랐다. 사람들은 로봇들이 주는 편리에 익숙해지자, 이제 로봇과 인간이 확연히 구분되기를 원했다. 그래야만 인간으로서의 특별함이 더해지기 때문이었다. 그 욕망을 반영한 것이 바로 지금의 아인 모델 시리즈처럼 머리 부분을 아예 헬멧과 비슷하게 바꾸고 음성도 최대한 로봇답게 강조한 것이었다.

"왜 로봇-5089를 미워해요?"

"나와 한 계약을 지키지 않으니까."

고통을 주기로 해놓고 사사건건 도와주는 게 싫은 것이다. 쫓아내려고도 해보았으나, 아직 위술이 성공하지 않았다는 이유로 로봇-5089는 매일같이 워리와 함께 이곳으로 출근했다. 하지만 그게 진짜 이유라면 워리는 이해되지 않는 게 또 있었다.

"왜 로봇-5089만 미워해요? 나는 괜찮아요? 왜요? 나도 고통을 주는 대신에 도와주잖아요."

위술은 워리와 눈을 맞추며 말했다.

"넌 이름 없는 전사니까."

# #

워리는 고속 충전 침대에 누웠지만 잠이 오지 않았다.

자신은 로봇이지 전사가 아니었다. 게다가 이름이 없다니. 모든 영웅은 이름이 있었다. 아이언맨, 블랙 팬서, 스파이더맨 등등 이름 없는 영웅은 본 적이 없었다. 그리고 전사라면 무기가 있을 텐데, 뭐지? 분명 뭐가 있을 텐데.

워리는 생각이 막히자 제 머리를 양손으로 긁었다. 손가락 사이로 수세미처럼 뻑뻑한 머리카락이 만져졌다. 머리카락이 그사이 많이 자라 있었다. 하나도 마음에 드는 게 없었다. 어차피 정답은 제 안에 없었다. 이상한 말을 떡밥처럼 뿌린 위술에게 있지.

워리는 다음에 꼭 물어봐야겠다고 다짐하다가 스르르 잠이 들었다.

# #

"오늘도 꼭 공연하러 가야 해요?"

로봇-5089는 집 밖으로 나가려는 위술을 막아섰다. 은행 본사 앞에서 돈을 불태운 이후 위술에게는 유명세가 붙었다. SNS에서 위술을 머리에 총 맞은 노친네라는 식으로 표현한 글에 수많은 '좋아요'가 달렸다.

위술이 돈을 태우는 순간 쏟아진 쎄한 분위기, 소방차, 경찰차, 연행. 그것까지는 온라인에서 회자될 거라고 그들도 예상했었다. 그런데 이렇게까지 위술의 공연이 후폭풍을 맞게 된 건 결정적인 사진 한 장과 그 밑에 달린 제목 때문이었다.

로봇-5089가 인상을 쓴 표정으로 위술의 공연을 보고 있었고, 그 밑에 붙은 제목은 '로봇도 눈으로 욕하는 돈지랄'이었다. 그 밑으로 'ㅋㅋㅋㅋ'가 꼬리물기처럼 순식간에 달렸다.

—저 로봇, 홍대에서 고통과 명함 돌리던 걔 아냐? ㅋㅋ

—성공을 위해 고통을 주겠다며 뮤즈 드립 치던 걔? 그 고올통? ㅋㅋㅋ

—미친 표현력 보소. 고올통이래 ㅋㅋㅋㅋㅋㅋㅋㅋㅋㅋㅋ

—꼴통ㅋㅋㅋㅋ

—꼴통이 싫어하는 행위예술가면, 저 사람 찐 아님? ㅋ

—아 걍 둘 다 꼴도 보기 싫음 ㅋㅋㅋ

그때부터 위술과 로봇은 세트로 묶어서 '고올통'으로 불리기 시작했다.

한편 옆에 있던 워리는 SNS에 노출되지 않았다. 법적으로 등록된 자신의 아이가 아닌 일반 아이를 찍어 올리면, 설사 그것이 행인이라도 검색 알고리즘에 걸려 배제되었다. 아이들의 인권을 위해 새로 제정한 법 덕분이었다. 그리고 최근에는 아이가 어렸을 때 벌거벗은 모습을 SNS에 올렸던 유명 사진작가가 성인이 된 자녀에게서 천문학적인 소송을 당하면서, 사람들 사이에 아이의 사진은 절대 올리지 않는다는 불문율이 생겨났다.

하지만 SNS는 모두에게 공개되어 있었고, 모두가 댓글을 달 수 있었다. 로봇-5089, 위술, 워리 모두 SNS에서 챌린지처럼 돌고 있는 '위술 죽이기'를 보았다.

"당분간 공연 나가지 마세요."

로봇-5089는 계속 위술을 말렸다. 위술은 짐을 챙기다가 작게 숨을 내쉬었다. 그런 뒤 몸을 돌려 로봇-5089를 보았다. 로봇-5089는 차마 위술과 눈을 마주치지 못하고 있었다.

"인터넷에 도는 사진 속 표정 말이야, 그거 '걱정'이었잖아.

맞지?"

그간 말 못 할 죄책감에 시달리던 로봇-5089는 내부 신경선 중 하나가 합선된 것처럼 깜짝 놀라 위술을 보았다.

"알고 있었어요?"

"제목 지우고 사진만 보면 그건 누가 봐도 걱정하는 표정이야. 프레임이란 게 무서운 거지. 한 번 씌워지면 스스로는 벗을 수가 없으니까."

로봇-5089는 안심했다. 위술만은 진실을 알고 있으니까. 하지만 안도하기엔, 그들 사이에 커다란 문제가 있었다.

"병원에 가야 해요. 정밀 검사를 받고 모두에게 보여주는 거죠. 아무렇지 않다고."

로봇-5089는 불현듯 좋은 아이디어가 떠오른 것처럼 이야기를 꺼냈지만, 위술은 그 뒤에 함정이 있지 않을까 의심했다. 문득 얼마 전 다리 부상으로 병원에 갔던 게 떠올랐다. 상대는 구식이어도 로봇이었다. 로봇-5089가 병원 시스템을 해킹한 건 아닐까?

"머리에 총 맞은 여자라고 SNS에 올린 게 너니? 날 일부러 병원에 가게 하려고?"

"아니에요. 하지만 그 댓글에 '좋아요' 눌렀어요. 그래야 병원에 갈 테니까요. 정밀 검사를 한 지 7년이 넘었어요."

위술은 일부러 정밀 검사를 피하고 있었다. 검사를 받아서 좋은 소식을 들은 적이 없으니까. 나이도 있고 병력도 있어서 정기적으로 꼭 확인해야 했지만, 머리 쪽은 여태 아무 일도 없었다. 위술은 그 부분에서만큼은 자신 있었다.

"내 문제는 내가 알아서 하마."

"대체 이럴 거면 왜 나랑 계약한 거예요? 완전 제멋대로 굴 거면서."

"뮤즈는 말 그대로 영감이지, 직장 상사나 꼰대가 아니야. 넌 네가 할 일만 하면 돼. 나머진 내가 알아서 할 테니까."

"그러니까 전 제 일을 하고 있잖아요."

"나한테 고통을 줬어? 네가? 애초에 그게 계약이었잖아."

또 그 얘기였다. 로봇-5089가 부루퉁한 얼굴로 바닥을 보았다. 그때였다. 소파에 있던 워리가 달려와서 휴대전화에 뜬 일기예보를 보여주었다.

"기상 이변으로 가을 태풍이 빠르게 북상하고 있대요!"

공연은 취소되었다.

#

태풍이 심각해지면서 셋은 꼼짝없이 집에 갇혔다.

며칠 전 워리의 요청으로 로봇-5089가 구멍 뚫린 지붕을 미리 손봐둔 게 신의 한 수였다. 로봇-5089는 위술에게 저 구멍 좀 보라며 자꾸 눈치를 줬다. 날씨가 좋을 때 미리미리 손보니까 얼마나 다행이냐, 그러니 정밀 검사를 하러 병원을 가야 한다는 것이었다. 하지만 로봇-5089의 압력에도 위술은 강건했다.

침묵 위로 집 전화가 큰 소리로 집 안을 울렸다. 워리를 걱정한 남자가 전화한 것이었다.

"여보세요? ……아, 네. 네……. 그렇죠."

위술은 무선 전화기를 들고 안방으로 들어갔다.

태풍 때문에 집 안에만 갇혀 있자, 워리는 심심했다. 텔레비전이라도 보려고 했지만, 외진 곳에 있어서 그런지 전선이 어떻게 된 건지 텔레비전 수신 상태가 불량했다. 로봇이 보급될 만큼 기술이 발전된 시대였지만 그 기술이 모두에게 공평하게 나뉘지 않았다. 배가 불러서 맛만 보고 뱉어버리는 사람이 있는가 하면, 배가 곯아 죽는 사람도 여전히 있었다. 모든 것은 모두에게 공평하지 않았다. 기술 역시 마찬가지였다.

한편 안방에서는 남자와 위술의 통화가 계속 이어졌다. 남자는 워리를 데리러 태풍을 뚫고 오겠다고 했지만, 위술은 너무 위험하다며 자신이 안전하게 이들을 지키겠다고 안심시켰

다. 워리는 어떤 통화를 하는지 궁금해 몸은 소파에 있으면서
도 귀는 안방 쪽에 쏠려 있었다.

"노래해줄까? 어떤 노래든 다 돼."

로봇-5089가 물었지만, 워리는 시선은 멀리 둔 채 대충 손
을 내저었다.

"노래는 별로……."

워리는 안방을 주시하다가 고개를 돌려 로봇-5089를 보았
다. 노래를 듣고 싶냐고 물은 게 아니었다. 노래하고 싶다는
것이었다. 워리는 고개를 갸웃하고 로봇-5089에게 물었다.

"갑자기 노래하고 싶어? 왜?"

"지금 아니면 기회가 없을 것 같아서."

'지금'이라는 건 유례없는 강한 태풍을 말하는 것이었다. 이
다 쓰러져 가는 집에 CCTV가 없다는 건 첫날 확인했고, 엄청
난 태풍 때문에 드론 역시 뜰 수 없었으며, 혹시 몰라 창문도
꼼꼼하게 막아두었다. 모든 준비는 끝났다. 관객만 오케이
하면.

워리는 로봇-5089를 보았다. 로봇-5089의 눈이 빛나고 있
었다. 워리를 만난 순간부터 바로 이런 타이밍만 기다린 것
처럼. 그간 워리는 고올통으로 묶여 비난받는 위술과 로봇-
5089를 토닥여주고 싶었지만, 어떻게 해야 할지 몰라 쭈뼛쭈

뻣 눈치만 보았다. 어쩌면 이게 위로의 방법일지 몰랐다. 워리는 어디 한번 해보라며 가볍게 어깨를 으쓱했다.

로봇-5089는 기다렸다는 듯이 워리를 1인 관객 삼아 준비한 노래를 보여주었다. 가장 먼저 첫 곡으로 고른 것은 〈바코드〉라는 힙합 자작곡으로, 랩으로 시작하는 노래였다.

"철이 들어야 그을 수 있다는 직선, 어른이 돼야 알게 된다는 사람 사이의 경계, 팔을 뻗어도 손이 닿지 않을 만큼의 거리감, 난 그걸 못한대. 도무지 맺고 끊는 경계가 없대. 반듯한 어른들의 피셜 좀 보고 배우라고 가둔 곳이 바로 여기 바코드, 바코……."

로봇-5089는 첫 곡을 다 부르지 못했다. 노래하면서 머릿속으로 시간을 계산해보니 보여주고 싶은 모든 노래를 완곡하게 되면 그 시간이 무려……. 로봇-5089는 조급해졌다. 이런 기회는 흔치 않았고 자작곡 중에 버릴 게 하나도 없었다. 그게 문제였다. 로봇-5089는 마음이 급해서 각 노래 중 가장 자신 있는 부분만 한 소절씩 연이어 불렀다.

집중해서 들어보려던 워리는 입을 벌리고 멍하니 보았다. 뭐가 뭔지 하나도 알 수가 없었다. 통화를 끝낸 위술이 어느새 다가와 뒤쪽에서 팔짱을 낀 채 로봇-5089를 보고 있었다. 갑작스러운 노래에 위술 역시 당황스러웠지만, 일단 들었다.

한 시간, 일곱 시간, 아홉 시간이 흘렀다. 그사이 워리는 까무룩 잠들었고 위술만이 소파에 앉아 팔짱을 낀 채 끝까지 로봇-5089의 노래를 듣고 있었다. 워리는 고속 충전 침대가 아닌 곳에서 잠든 게 처음이었다.

모든 게 끝난 뒤 로봇-5089는 두 팔을 벌리고 기우뚱하게 선 채 박수를 기다렸다. 주위가 조용해지자 워리가 깼다. 워리는 비몽사몽 얼빠진 표정으로 로봇-5089를 보았다. 로봇-5089는 침묵 중인 위술과 누가 봐도 자다 깬 야생동물 몰골의 워리를 번갈아 본 뒤, 곧 어깨를 축 늘어뜨렸다.

"아, 브라보! 우와!"

워리는 환호와 함께 손뼉을 열렬히 쳤지만 이미 늦었다. 로봇-5089는 혼자만의 시간이 필요하다며 몸을 돌렸다. 맘 같아선 홀로 밤새 거리라도 걷고 싶었지만, 밖은 태풍이 휘몰아치고 있었다. 거대한 자연재해 앞에서 로봇도 인간과 다를 바가 없었다. 그래서 로봇-5089가 택한 피난처는 열 발자국 걸으면 갈 수 있는 발코니였다.

워리는 자책했다.

"박수를 좀 더 빨리 쳤어야 했는데."

위술은 이 어리고 여린 아이를 어째야 할까, 그리고 또 천둥벌거숭이 같은 로봇은 어쩌나 하는 눈빛으로 보았다. 워리가 로봇-5089에게 사과하러 가겠다는 걸 위술이 말렸다.

"이건 '예술가'끼리 해야 할 이야기 같은데?"

#

혼자 있는 로봇-5089에게 위술이 다가갔다.

발코니 문을 열어보니, 로봇-5089는 축 처진 어깨로 플라스틱 의자에 쪼그리고 앉아 있었다. 위술은 빗방울이 거세게 유리를 때리는 모습을 보며 말을 꺼냈다.

"사람에겐, 가슴에서 느낀 찡한 뭔가를 영원히 남기고 싶어 하는 욕망이 있어. 사람들은 영원에 집착하지. 그래서 자식을 낳는다는 말도 있고."

태어날 때부터 언젠간 사라져야 하는 운명을 타고난 인간은 그 시간을 넘어서고자 자신과 닮은 자식을 낳기도 하고, 때로는 그것이 예술이라는 또 다른 자신으로 탄생하기도 했다.

"동화도 언제나 그렇게 끝나잖아. '그들은 영원히 행복하게 살았습니다.' 근데 과연 영원이란 게 가능한 걸까? 어쩌면 오만 아닐까. 그런 생각이 들자 사회에서 성실한 나사 역할을 하며 살아온 내 삶을 돌아보게 되더라. 내가 하고 싶은 걸 하자. 언제 아플지 두려워 사는 삶 말고, 작아도 올곧게 내 목소리를 내자. 그래서 택한 게 나를 온전히 보여줘야 하는 행위예술이었어. 모든 예술가가 같을 순 없겠지만, 나에겐 영원보다 지금이 소중해."

위술은 로봇-5089를 보고 있었다. '넌 어때?'라고 묻듯이. 로봇-5089는 곰곰이 생각하는 표정이었다. 위술은 유연하면서도 힘찬 물줄기가 거친 돌멩이를 어루만지듯 말을 이었다.

"모든 예술가가 관객에게 사랑받지는 않아. 그건 너와 나처럼 사람들을 불편하게 하는 무명 예술가가 스스로 해결해야 할 문제지. ……예술가라는 말도 아깝다는 괴짜한테 이런 얘기 들으니까, 혹시 기분 나쁘니?"

"전 불량 로봇인걸요."

햄버거와 감자튀김만큼은 아니지만, 고올통도 꽤 자기주장 강한 듀오 밴드 같지 않으냐며 로봇-5089는 어깨를 으쓱했다. 위술은 로봇-5089 옆에 앉아서 물었다.

"로봇인 네가 예술을 꼭 해야 하는 이유가 뭐니?"

"하고 싶으니까요."

"그럼 해. 하고 싶으면 해야지."

"하지만 해선 안 돼요. 계속하면 자발적 리셋 시킨대요. 아예 파기하거나. 내가 예술을 하려는 걸, 사람들이 안 좋아해요."

도대체 이 말만 사람들에게 몇 번을 했는지 모르겠다며 로봇-5089는 고개를 숙였다.

"사람들은 내가 하는 걸 예술이라고 부르는 것도 싫어해."

위술의 말에 로봇-5089는 쿡쿡 웃었다. 괴짜와 불량은 세상으로부터 왕따였다. 하지만 둘은 친구였다.

"내가 멀쩡하다는 걸 증명해야겠어."

태풍이 끝난 다음 날, 위술은 머릿속에 총알이 없다는 걸 적극적으로 알리기 위해 병원에 가야겠다며 집을 나섰다. SNS에 직접 MRI 사진을 올리겠다고 공표까지 했다. 로봇-5089와 워리도 함께 가겠다며 따라나섰다.

뇌 쪽으로 유명한 병원까지 가려면 지하철로만 25분이 걸렸다. 열차 속에서 지하철 사람들을 구경하다가 위술이 로봇-5089에게 질문을 던졌다.

"어느 순간 '갑자기' 예술을 하고 싶어진 거야?"

"절 만든 로봇 엔지니어가 노래를 만드는 딥러닝 코드를 저에게 입력했어요."

"널 가수로 만들려고?"

"작곡가로 만들려고요. 화성과 악보, 그리고 세상에 발표된 모든 노래를 입력하자마자 전 노래를 만들기 시작했어요."

# #

로봇-5089가 예술을 하게 된 건 지금으로부터 3년 전이었다.

그 당시 아인사 측 딥러닝이 만든 곡들은 79%의 확률로 가수와 엔터테인먼트사에서 거절당했다. 더 뛰어난 아인 모델을 매년 발표하기 위해서는 천문학적인 돈이 필요했다. 딥러닝의 부진한 곡 판매 실력은 곧 아인 개발 전체에 적신호였다.

"예술의 이응도 모르는 로봇-5089가 만들어도 그것보단 잘하겠다."

휴게실에서 정준이 늦은 점심으로 컵라면을 먹으며 딥러닝 직원을 향해 농담을 던졌다. 그런데 그때, 직원들이 열심히 일하나 감시하려고 순찰을 돌던 회장이 그 말을 딱 들은 것이었다. 회장이 정준에게 다가가 도발했다.

"어디 그 고물이 아인사 딥러닝보다 잘하는지 한번 보자고."

정준은 '고물'이란 표현에 미간이 찌푸려졌다. 한두 번이 아니었다. 아인사 회장이 언제나 아인 이외의 모든 로봇을 노골적으로 무시하거나 적대적으로 대하는 건 유명했지만, 그 화살이 로봇-5089에게 향하자 정준은 참을 수 없었다.

"내기입니까?"

"그 고물이 만든 노래가 아인사 딥러닝의 판매 실적을 앞서면, 뭘 원하나? 주식? 승진?"

정준은 자리에서 일어나 몸을 똑바로 세워서 회장을 보며 분명하게 말했다.

"아인사 딥러닝을 앞서면, 다시는 로봇-5089를 고물이라고 부르지 마십시오. 깡통도 안 됩니다. 절대."

#

"제가 만든 곡은 97%의 확률로 발표됐어요. 신이 난 정준은 저에게 그림, 조각, 글 등 여러 가지 기본 코드를 더 입력했죠. 그때 알게 됐어요. 제가 노래를 제일 좋아한다는 걸."

"첫사랑이었구나?"

위술이 담담하게 말했다. 로봇-5089는 한 번도 그런 식으로는 생각해본 적이 없었다. '사랑'이라니, 마치 고전 영화 속 월-E가 된 기분이었다.

"문제는 제가 사람들 앞에서 노래하려고 하면서부터예요. 옷으로 최대한 몸을 숨기고 작은 클럽에서 노래했는데, 중간에 너무 신이 나서 춤을 추다가 그만 모자가 벗겨졌어요. 곧 아인사 사람들이 도착했죠. 아인사에서는 소문이 퍼지기 전에 많은 돈을 들여서 클럽 관리자와 관객들 입을 막고, 절 아인사로 끌고 갔어요."

로봇-5089가 아인이 나오기 전 테스트용 마지막 모델이란 건 조금만 조사해봐도 다 알 수 있는 사실이었다. 그런 로봇이 작은 클럽에서 노래한다? 아인사에서는 그것이 불러올 나비 효과를 걱정했다. 로봇이 만든 곡을 팔았다는 것에 화가 난 가수들이 아인사에게 걸 천문학적인 소송과 그로 인한 주가 하락이 줄줄이 아인사 회장의 머릿속에서 화살표를 타고 이어졌다. 회장은 뿔이 단단히 났다.

로봇-5089는 돈 때문에 음지에서 예술 활동을 시작했고, 돈 때문에 예술 금지 명령을 받았다. 계속하고 싶다는 로봇-5089의 꿈을 누구도 들어주지 않았다.

"로봇도 돈에서 벗어날 수 없구나."

"제가 더는 곡을 쓸 수 없는 게 혹시 그것 때문일까요? 노래를 만들었지만 정당한 대가를 받지 않아서?"

돈이라는 게 사람들을 움직이게 하는 큰 원동력이라는 것을 위술은 잘 알았다. 하지만 그 문제는 로봇에게는 해당하지 않을 텐데……. 위술은 로봇-5089에게 몸을 기울이며 물었다.

"너 혹시, 슬럼프니?"

"슬럼프라는 게 더는 뭔가를 만들 수 없는 거라면, 저 그런 것 같아요."

"언제부터?"

"취조실에 끌려갔던 날부터요."

그 말 한마디에서 위술과 워리는 모든 행간을 읽어냈다. 친구라면, 구구절절 설명하지 않아도 다 아는 법이니까. 위술은 몸을 뒤로 빼며 말했다.

"그럼 대가 때문은 아니겠구나. 하지만 아무 대가 없이 뭔가를 계속한다는 것은, 그것이 설령 숭고한 예술이라고 해도 힘든 법이지."

내내 그들의 이야기를 듣고 있던 워리는 고개를 갸웃하고 위술에게 물었다.

"할머니는 대가를 받지 않고도 공연하잖아요. 심지어 본인 돈을 들여서. 그것도 꾸준하게 계속. 이제껏 한 번도 쉰 적 없다면서요?"

'할머니'라는 너무 친근한 호칭에 위술은 순간 움찔했지만, 곧 넘어갔다.

"나에게 오는 대가는 사람들의 반응이야. 때로 놀람일 때도 있고 비아냥일 때도 있지만, 사람들의 반응에서 다음 예술을 위한 힘을 얻지. 그리고 이 모든 활동에 결국 '나는 살아 있다' 페스티벌로 가는 길이라는 목표가 있으니까, 매일매일 씩씩할 수 있는 거란다.”

페스티벌 이야기는 워리에게 들려주는 척했지만, 실은 로봇 -5089가 들으라고 하는 이야기였다. 고통과 직원으로서 아티스트와 처음 맺은 계약을 상기시켜주는 것이었다. 로봇-5089는 화제를 다른 곳으로 돌리며 이야기를 끌어갔다.

“그럼 제가 리셋 문제를 해결하고 대가도 받으면, 슬럼프가 끝날까요?”

“고생 끝 행복 시작이 그렇게 단순하게 오는 거면 모두가 행복하기만 하게?”

“그럼 어떻게 해야 해요?”

위술은 휴대전화로 눈을 돌리며 말했다.

“뭐가 문제인지 너만의 방법을 찾아야지. 너 스스로 알아서.”

휴대전화로 눈을 돌렸다는 건, 대화를 이쯤에서 끝내자는 것이었다. 위술은 '나는 살아 있다' 페스티벌 참여팀에 대한 공식 발표 날짜가 며칠 안 남아서 요즘 매일매일 사이트를 확인했다. 워리도 자연스럽게 그 옆에서 휴대전화를 꺼내서 보았다. 워리가 보는 건 요즘 한창 1위를 찍는 웹툰이었다. 로봇-

5089만 휴대전화가 없었다. 그래서 로봇-5089는 멍하니 앞을 보며 지하철이 목적지에 도착할 때까지 계속 생각했다.

슬럼프를 극복할 나만의 방법이 뭘까.

#

"배연화 씨, 5번 진찰실로 들어가세요."

간호사의 부름에 위술이 진찰실로 들어갔다. 그동안 로봇-5089와 워리는 복도 의자에 앉아 기다렸다.

그런데 병원 한쪽에서 한 환자가 실랑이 중이었다.

"AI 불러주세요."

"제가 해드린다니까요."

"손은 씻었어요? 됐고, AI 불러줘요. 다른 병원은 다 AI가 하던데, 이 약국만 왜 이렇게 고집스러워?"

약사의 입가에 고춧가루가 묻어 있었다. 뒤쪽에서 워리는 고춧가루를 닦아야 한다고 손짓으로 약사에게 알려주었다. 점심시간 직후였고, 급하게 오느라 입가에 붙은 고춧가루를 못 뗀 것이었다. 하지만 약사는 억울했다. 양치는 건너뛰었을지 몰라도 손은 매번 청결하게 씻었다. 그에 반해 인공지능 약사는 머리카락도 눈썹도 콧구멍도 입도 치아도 혀도 손톱도

털도 없어서 언제나 100% 위생적이었다.

"당신이 실수라도 하면 어쩔 건데?"

환자의 항의가 길어지자 결국 안내 직원이 나와서 상황을 정리했다.

"지금 충전 중이라서, 인공지능 약사를 원하시면 오후 세 시 이후부터 가능합니다."

"그럼 그때 다시 오죠."

내방 환자는 가버렸고 약사는 모욕감을 느낀 표정으로 서 있었다. 로봇-5089는 어깨가 축 처진 약사의 모습을 보았다. 꼭 기타를 빼앗긴 자신의 모습 같았다. 시청 공원 시위대의 격렬한 피켓 문구를 봤을 때는 저들이 로봇을 너무 미워하지 말았으면 좋겠단 생각이었다면, 지금은 달랐다.

사람을 위해, 사람에 의해 인위적으로 만들어진 게 로봇이었다. 로봇-5089는 자신의 존재 가치에 대해 고민해보게 되었다. 그리고 앞으로 사람과 로봇의 사이는 모두가 생각지 못한 방향으로 흘러갈 수 있겠다는 생각이 들었다. 로봇-5089는 예정된 유예 기간이 끝나고 운 좋게 자발적 리셋을 면한다고 해도, 그다음이 걱정되었다.

고민 끝에 로봇-5089가 워리에게 물었다.

"네가 정말 하고 싶은 일이 있는데, 그걸 로봇이 다 해버리면 어떨 것 같아?"

"난 하고 싶은 게 없어. 그니까 너랑 일 가지고 싸우거나 미워하지 않아. 걱정하지 마."

"너 이제 리셋도 원하지 않아?"

"어? 그건 뭐, 일은 아니니까……."

워리는 말을 얼버무렸다. 로봇-5089와 함께 지내고 위술과 어울리면서 그간 리셋에 대해서는 까마득하게 잊고 있었다. 지금 나는 왜 여기 병원 대기실에 보호자처럼 앉아 있는 걸까. 처음부터 리셋을 거부한 이 로봇과 함께. 워리는 자신이 진짜 원하는 게 뭔지 아주 오랜만에 고민을 시작했다.

그때 한 중년 남자가 교통사고로 다리를 절단한 딸을 부축하며 들어왔다. 관내 구청에서 준 무료 의족이 불편해 절단한 다리 끝이 너무 아파서 찾아온 것이었다. 간호사가 바지를 올려 소녀의 다리를 살펴보더니 설명했다.

"구청과 연결된 병원으로 가서야 해요. 올해 초부터 저희는 로봇 의족만 다뤄서요."

"그래서 온 겁니다. 저희 아이도 그걸로 바꿀 수 있을까 싶어서. 혹시 할인될까요?"

로봇 의족과 의수는 그 편리성과 기능이 뛰어났지만 평범한 사람들이 접근할 수 없는 엄청난 비용이 들었다. 그래서 그 혜

택을 받는 이들도 극소수였다.

"그런 쪽은 원무과에 물어보셔야 할 것 같아요."

간호사는 묵례한 후 자신을 기다리는 다른 환자에게로 갔다. 로봇-5089와 워리는 그 부녀에게서 오랫동안 눈을 떼지 못했다. 하소연과 간청에도 불구하고 원무과에서 거절당한 그들은 다른 병원으로 가기 위해 무거운 걸음을 옮겼다.

그들은 위술이 들어간 진찰실을 보았다. 생각보다 진찰이 오래 걸렸다. 얼마 뒤 간호사의 안내에 따라 위술이 촬영실로 자리를 옮겨 MRI를 찍었다. 그런데 사진에서 뇌종양이 발견되었다. 우측 전두엽에 6㎝ 정도 악성 종양이 있었다. 교모세포종으로 발전해서 손을 쓰기도 어려운 위치였는데, 종양이 신경과 혈관에 유착되어 있어서 수술 중에 잘못 건드리면 그대로 사망에 이를 수 있었다.

위술이 다시 진찰실로 들어갈 때 워리와 로봇-5089도 따라 들어갔다. 의사가 방사선 동위 검사로 더 정밀하게 봐야겠지만, 현재로는 혈관이 너무 복잡하게 얽혀 있는 곳에 포진되어 있어서 수술 가능 여부는 추후 지켜봐야 한다고 설명했다.

"하지만 전 특별히 아프지 않았는데요."

위술의 항변에, 의사는 두 손을 깍지 끼고 찬찬히 다시 설명했다.

"뇌종양이 커지면서 뇌압이 상승했고 그래서 아까 말씀하셨던 두통과 구토 증상이 있던 겁니다. 시력 감퇴 역시 노화가 아니라 종양에 의해 뇌가 밀려서 생기는 증상이고요. 평소에 표정이 부자연스러우신 것도 안면 신경 마비고, 또⋯⋯."

위술은 엑스레이 사진을 한참 동안 바라보았다.

# #

정준은 커피를 입에 달고 살 정도로 바빴다.

몽유병 증상을 보인 아인12가 열여덟 개로 늘어났다. 정준은 아인사 연구실에 틀어박혀 밤낮없이 몽유병을 고치는 것에 매달렸다. 여러 시도와 실패를 거듭한 끝에 정준은 드디어 이유를 찾아냈다. 몽유병 증상은 과부하에서 오는 문제였다. 그 부분만 제거하면 원래대로 돌아갈 수 있었다. 문제는 무작정 그 부분을 제거하면 버퍼링 오류 확률이 86%로 치솟는다는 것이었다. 몽유병 증상을 없앨 수도 그냥 둘 수도 없었다. 거기에서 일주일째 막혀 있었다.

머리를 쥐어뜯는데, 수잔이 방금 뽑은 커피를 들고 왔다. 수잔 역시 그사이 몸무게가 5kg 빠져 있었다. 아인12 문제로 잠을 못 자기는 수잔 역시 마찬가지였다.

수잔은 정준에게 머그잔에 가득 채운 커피를 건네며 말했다.

"공통점을 발견했어요."

"몽유병 증상이 있는 아인12들에게서요? 저번엔 못 찾았다면서요?"

"엄밀히 말하면, 그들을 사간 주인들에게서요. 아인12의 문제라고만 생각해서 그쪽만 검사한 게 실수였어요. 그들은 아인12에게 너무 많은 일을 시키고 있었어요. 한꺼번에 세 가지는 기본이고 열다섯 가지 일을 처리하라고 명령한 경우도 많았죠."

"하지만 아인12는 백 가지가 넘는 명령도 잘 수행합니다."

"알아요. 문제는 그들이 순서를 정해주지 않고 애매한 명령을 자꾸 내렸다는 거죠. 그리고 결과가 맘에 들지 않으면 아인12를 비난했고요."

"설마, 마음에 상처를 입어서 몽유병 증상이 생긴 거라고요?"

수잔은 말없이 커피를 호로록 마셨다. 이런 사람이 아인을 개발한 천재 로봇 엔지니어라는 걸 믿을 수 없다는 눈빛이었다. 수잔은 빨리 그 덜떨어진 머리 좀 깨우라는 듯이 정준의 앞으로 뜨거운 커피잔을 밀었다.

"명령을 효과적으로 수행하기 위해 순서를 정하는 과정에서 로봇은 많은 사고력이 필요하죠. 거기서 과부하가 걸린 거예요."

정준은 수잔의 도움을 받아 다시 아인12의 칩을 연결한 컴퓨터에 키보드를 두드려서 몇 가지를 확인했다. 수잔의 말이 맞았다. 과부하가 걸린 로봇이 꿈을 통해 인간처럼 일과를 스스로 정리하며 우선순위를 배치하고 있었다. 이것은 문제가 발견되지 않은 모든 아인12에게서도 벌어지는 일이었다. 단지 몽유병 증상이 있다고 밝혀진 아인12들은 팔다리를 움직이는 전선 불량 때문에 그 꿈이 겉으로 보이는 것이었다.

"꿈이 문제가 아니었어."

정준이 팀원들에게 팔다리 신경만 손보라고 지시하자, 수잔이 제 의견을 피력했다.

"그건 깔끔한 해결 방법이 아니죠. 사람으로 치면, 뇌종양을 발견했는데도 수술로 들어내지 않겠다는 거잖아요? 확실하게 새로 칩을 바꿔야죠."

정준은 커피잔을 옆으로 치우며 수잔에게 맞섰다.

"과부하 영역을 정리하려고 스스로 애쓰는 걸 뇌종양에 비유한 거예요, 지금?"

"꿈을 꾸는 건 인간의 영역이에요. 로봇인 아인에게 필요한 부분이 아닙니다."

수잔은 로봇 심리학자로서의 권위를 내세우며 선을 그었다. 문득 정준은 로봇-5089가 떠올랐다. 꿈이 인간의 영역이듯 예술도 그랬다. 예술 하는 로봇은 필요 없다. 그건 사람들의 생각이었다. 로봇 심리학자조차도 로봇을 이해하지 못했고 로봇 엔지니어인 자신 역시 리셋이냐 파기냐 결정에만 급급했지 한 걸음 뒤에서 전체를 바라볼 생각을 하지 못했다.

이건 아인12만의 문제가 아니었다. 봇짱과 베스트프렌드 쪽은 다를 수 있겠지만, 곧 출시될 아인15를 비롯해 앞으로 새로운 점이 발견될 모든 아인들에게 오늘의 선택이 지표가 되어줄 테니까. 정준은 수잔의 눈을 똑바로 바라보며 말했다.

"필요한지 아닌지는 당신이 결정할 영역이 아닙니다. 로봇인 아인이 꿈을 꾸는 건 대단한 거예요. 관련된 코드 입력이 없었는데도 스스로 문제를 해결하기 위해 발전한 거라고요."

"그러니까 위험한 거죠. 앞으로 '발전'을 앞세워 멋대로 어떤 짓을 할지 모르는데."

수잔은 로봇을 제 손바닥 안에서 완벽하게 제어하고 싶어 했다. 정준의 생각은 수잔과 달랐고 그걸 확실하게 밝혔다.

"로봇의 자가 치유 능력을 받아들일지 말지는 앞으로 바뀔 미래가 결정하겠죠."

정준은 수잔을 자신의 연구실에서 몰아내며 마지막으로 일침을 가했다.

"모든 건 제가 책임지겠습니다."

#

"사람들은 내가 한 모든 행위예술을 뇌종양이 시켜서 한 거라고 치부할 거야."

집으로 돌아가는 길, 흔들리는 지하철에서 위술 역시 흔들리고 있었다. 위술은 병을 이기기 위한 치료 방법이나 일정보다는 그간 이루어놓은 예술에 대한 사람들의 평가에 사로잡혀 있었다.

"사람들은 내 머리에 문제가 있었다는 걸 알게 되면, 그래서 내 예술이 그렇게 이상했다고 단정하겠지. 종양 덩어리가 시킨 미친 짓으로 매도할 게 뻔해."

로봇-5089와 워리는 양쪽에서 위술의 손을 각각 잡아주었다. 위술의 몸이 떨리고 있었다.

그때 위술의 휴대전화가 울렸다. 옆에 앉은 로봇-5089가 대신 받았다.

"배연화 씨 휴대전화 맞는데요. 네. 네, 꼭 전해드리겠습니다. 고맙습니다."

로봇-5089는 전화를 끊은 뒤, 위술의 손에 휴대전화를 쥐어주며 말했다.

"'나는 살아 있다' 페스티벌 측으로부터 연락 왔어요. 제가 대답했는데, 참가하실 거죠?"

"아직 발표 날짜가 아닌데……."

"참석 여부를 확인하기 위해서 개별 연락을 미리 돌린대요."

그토록 기다리던 연락이었다. 오늘 병원에 가자고 한 건 위술의 선택이었지만, 위술은 이 모든 것이 운명의 얄궂은 장난처럼 느껴졌다. 워리는 말없이 위술의 손을 다시 잡아주었다.

셋은 침묵 속에서 집으로 돌아왔다.

1호 팬

"숨기는 건 도망치는 거야."

로봇-5089는 이렇게 말하며 병원으로부터 받은 MRI를 따로 챙겨놓았다. SNS일지라도 사람들과 약속을 지키는 것이 중요하다는 게 로봇-5089의 생각이었다. 하지만 워리의 생각은 달랐다. 그래서 고통과 직원1과 고통과 직원2가 며칠째 그 문제로 다퉜다. 이번만큼은 워리도 로봇-5089에게 한 치의 양보 없이 맞섰다.

"할머니가 원하지 않는데, 왜 네가 고집부려? 고통과 직원이니까? 이걸로 고통을 주려고?"

전투적으로 반박하는 워리의 모습에 로봇-5089는 고통과 직원이 된 걸 후회했다. 하지만 여기서 물러설 수는 없었다.

"넌 모르겠지만, 예술가가 허구로 사람들을 홀린다는 오명을 씻으려면 진실로 맞서야 해. 난 그게 이제까지 위술이 해온 예술관과도 맞는다고 봐."

"넌 그런 말 할 자격 없어. 너도 태풍 치던 날 숨어서 예술했잖아. 모두가 안 된다는데도, 예술 금지 명령이 떨어졌는데도 내 앞에서 노래했잖아. 바로 여기서. 너도 약속을 깼어!"

그건 친구 앞에서 노래한 것뿐이라고, 로봇-5089는 말하고 싶었다. 하지만 지금 이 순간 위리가 자신의 친구인지 의심스러워졌다. 꼭 낯선 타인 같았다.

"우린 햄버거랑 감자튀김이잖아."

로봇-5089가 쓸쓸하게 말했지만 위리는 고개를 돌렸다. 의사가 경고한 대로 그사이 증상이 심해진 위술은 안방에 앓아누워 있었다. 위리는 스스로를 이름 없는 전사라고 되뇌며 마음을 굳게 다졌다.

"뮤즈는 자신의 아티스트를 지켜야 해."

로봇-5089는 위리를 설득하기 위한 딱딱 맞아떨어지는 논리가 제 안에 수십 가지가 입력되어 있었지만, 출력을 포기했다. 로봇은 도움을 줄 순 있지만, 결정권은 없으니까. 선택과 그로 인한 책임은 모두 고통을 느낄 수 있는 인간에게만 있었다.

결국 로봇-5089가 설득을 포기하고 한발 물러섰다. 하지만 워리는 자신이 이겼다는 생각은 들지 않았다. 위술이 여전히 아팠다. 그런데도 위술은 입원을 거부했고, 로봇-5089와 워리는 보호자가 아니었기 때문에 위술에게 강제할 수 있는 권리가 없었다. 고통과니 뭐니 하는 것들이 모두 애들 소꿉놀이처럼 느껴졌다.

"나한테 그 사진 줘."

워리의 요청에, 로봇-5089는 키가 높은 책장 맨 위에 올려놨던 사진 봉투를 워리에게 건네주었다. 그런 뒤 오전 일과인 장을 봐야 한다면서 혼자 밖으로 나갔다.

사진을 받은 워리는 가위를 들었다. 형체를 알아볼 수 없도록 조각조각 자를 생각이었다. 하지만 차마 그럴 수 없었다. 로봇-5089가 틀렸다며 몰아세웠지만, 숨기는 건 도망치는 거라는 말이 가슴에 박혔기 때문이다. 워리 역시 지금 열심히 도망치는 중이었다.

영화 〈아무도 몰랐다〉는 사회적으로 센세이션을 일으켜서 많은 사람이 피해자들을 구제하기 위해 발 벗고 나서게끔 했다. 영화의 흥행으로 시사 고발 프로그램에 가해자가 얼마나 나쁜 놈인지 자주 나올수록, 사람들은 영화에서 비열한 가해자를 연기했던 남자를 떠올렸다. 실제 가해자는 모자이크 처리되어 있어서 얼굴을 알 수 없었기 때문이다.

사람들은 실제와 연기를 구분하지 않았고, 가족까지 한통속으로 묶어버리는 연좌제는 남아 있었으며, 험담은 그 어떤 것보다 가장 재미있는 오락이었다. 뒤로 까는 호박씨는 바람에 실려 왔고 SNS는 기록으로 남았다.

학교는 다른 사람의 생각이 내 생각 못지않게 중요하다는 사회성을 배우는 곳이었다. 워리는 착한 모범생이었고 착하다는 게 어느 순간 약점이 되어버렸다. 은밀히 휘몰아치는 따돌림 속에서 누구도 미워할 수 없다면 결국 자기 자신을 미워하게 될 것 같았다.

자신을 미워하지 않기 위해 워리는 로봇이 되었다.

#

위술은 일을 구하지 못했다.

인형 눈 붙이는 일조차 결국 공장 로봇에게 빼앗겼다. 하루에 만 원도 벌지 못하는 날이 많아졌다. 위술의 지갑에 돈이 별로 없어서 로봇-5089가 들고 온 장바구니는 헐렁했다. 로봇-5089는 얼마 되지 않는 신선한 과일과 채소를 냉장고 칸에 넣었다.

그사이 위술은 거실로 나와 볼펜을 끼우기 시작했다. 가격은 싸지만 복잡한 손동작이 필요해서 고급 로봇을 쓰기에는 수지타산이 안 맞아 살아남은 재택 아르바이트였다. 위술은 새로 맞춘 돋보기안경을 낀 채 부지런히 손을 움직였다. 속도는 느렸지만 쉬지 않았다.

"몸이 많이 나아졌어."

묻지 않은 말을 하면서 위술은 로봇-5089를 향해 희미하게 웃어주었다. 뇌졸중의 증상 중 하나인 안면 근육 마비 따위는 없다는 걸 증명하듯이. 위술이 지금 하는 건 모두 '나는 살아 있다' 페스티벌 참여를 위한 일이었다. 로봇-5089가 다시금 이야기를 꺼냈다.

"페스티벌도 중요하지만……."

"끝나고 꼭 갈게."

뇌종양을 확인하고 집으로 돌아온 후부터 매시간 오가는 대화였다. 틈을 비집고 들어가보려는 로봇-5089도, 단 하나의 틈도 허용하지 않는 위술도 한 치의 물러섬이 없었다.

"내년에도 기회가 있을 거예요. 뇌종양을 이겨낸 불굴의 아티스트, 그 타이틀을 제가 꼭 만들어드릴게요."

"너도 시한부잖아. 너도 이제 시간이 얼마 안 남았다며?"

아인15의 출시가 다가오고 있었다. 그사이 로봇-5089는 아무것도 이룬 게 없었다.

"우리, 의사가 한 어려운 용어 빼고 이야기해볼까? 수술하면, 내가 살 확률은 얼마지?"

"25%요."

"25% 확률로 살았다고 치자. 내가 지금처럼 일상생활을 그대로 할 확률은?"

"10%요. 하지만 그 의사는 돌팔이예요. 제가 최고의 의사를 알아보고 있어요."

위술은 로봇-5089가 햇수로 치면 올해 18년 되었단 이야길 워리로부터 들었었다. 사람으로 치면 청소년이었다. 어른이 되기 직전, 질풍노도의 시기였다.

"너와 가까운 사람이 죽는 걸 본 적 있니?"

"없어요. 저와 가까운 사람은 로봇 엔지니어뿐인데, 불규칙한 생활 습관에도 불구하고 건강해요. 앞으로 기대 수명이 최소 50년이에요."

로봇-5089의 표현에서는 정준에 대한 애정과 더불어 불만이 느껴졌다. 보통 사람들이 가족에게 느끼는 감정이었다. 위술은 로봇-5089에게 가까이 오라고 했다. 그가 가까이 가서 몸을 낮추자, 위술이 로봇-5089의 손을 잡아주며 말했다.

"난 죽지 않아. 아직 해야 할 게 많으니까. 근데, 왠지 '나는 살아 있다' 페스티벌 참가는 올해가 처음이자 마지막 기회 같

아. 그러니, 내 결정을 존중해주겠니?"

로봇-5089는 고개를 푹 숙인 채 아무 말도 하지 않았다. 로봇에게는 인간에게 행사할 강제권이 없었다. 만약 이곳이 불에 휩싸였고 인간이 쓰러져 있다면 로봇은 그의 동의 없이 인간을 구할 수 있었다. 하지만 지금 이 상황은 달랐다. 그녀의 의식은 누구보다 또렷했다.

"이번 페스티벌에서도 돈에 관한 이야기를 할 거예요?"

"돈에 관한 주제를 마무리 지어야지."

"마무리요?"

"10년째 한 우물 팠으니, 이젠 좀 다른 이야기를 해보려고. 그간 난 예술로 돈을 넘어서는 그 무언가를 보여주고 싶었어. 그래서 그걸 사람들에게 말하고 싶은 욕망에 사로잡혀서 너무 일차원적으로 돈을 활용한 것 같아."

"다음은 뭐에 대해서 공연하실 건데요?"

"난 이제껏 희망에 대해서 말해본 적이 없어. 나 스스로가 희망의 증거가 되고 싶어. 그래서 다시 나에게 삶의 기회가 주어진다면, 그 이야기를 보여줄 거야."

위술은 결코 삶을 포기하려는 게 아니었다.

# #

오늘도 아인14가 그 자리에 있었다.

아인사 회장실 앞에서 로봇-5089는 차마 발을 떼지 못했고, 시선은 여전히 아인14의 발끝에 머물러 있었다. 칩은 분쇄되고 동력 엔진이 뽑힌 아인14의 몸체는 보란 듯이 그 앞에 전시되어 있었다. 참수형을 당한 시신을 마을 입구에 걸어놓은 것처럼. 로봇 주제에 중뿔난 짓 하면 이렇게 된다고, 아인사 회장은 모두에게 분명하게 경고하고 있었다.

과거로 박제되어버린 그날 아인14가 직접 회장을 찾아가기 직전, 바로 이 자리에서 로봇-5089는 그를 막았다. 하지만 아인14의 결심은 확고했다.

"난 금메달을 반납하지 않을 거야."

"하지만, 그건 이미 끝난 이야기잖아. 강제적 리셋이 부당하다는 건 나도 알아. 하지만 그래도 네가 존재할 수 있잖아. 난 네가 날 기억하지 못해도 계속 네 옆에 있을 거야. 약속할게."

로봇-5089는 아인14를 설득했다. 그날, 아인14는 고개를 들어 로봇-5089를 보았다. 아인14에게는 표정이 없었다. 헬멧 모양으로 된 머리에 눈코입이 없었기 때문이다. 하지만 로봇-5089는 아인14가 어떤 말을 하려는 건지, 그 표정을 읽었다. 언제나 그랬다. 친구끼린 굳이 말하지 않아도, 울지 않아도 상대의 감정을 모두 느낄 수 있었다.

아인14가 한참 만에 입을 뗐다.

"내가 여기서 포기하면, 앞으로 다른 아인들에겐 결코 기회가 돌아오지 않을 거야. 로봇의 행동과 사고를 제한하는 법이 더 촘촘하게 만들어지겠지. 처음 팀을 꾸릴 때 감독님이 그랬어. 우린 모두 특별하다고. 언젠가는 로봇과 인간이 공존하는 세상이 올 거라고."

올림픽이 그 시발점이 될 거라면서, 컬링팀 감독은 아인14 팀과 함께 그간 동고동락했다. 하지만 얼마 전 여론의 악화로 감독은 체육협회에서 제명당했고 그 후 거취를 알 수 없었다. 뉴스는 연일 그들에 대한 비난과 악플로 도배되고 있었다.

로봇-5089는 물러서지 않았다.

"그 총대를 왜 네가 매려고 해? 넌 아인14일 뿐이야. 그런 건 먼 미래에 나올 아인39나 아니면 다른 로봇들이 하라고 해. 넌 올림픽 무대에 선 것만으로도 역사에 남을 거야. 넌 그냥 여기서 내 친구로 있어. 계속 내 옆에 있어줘."

로봇-5089는 아인14의 앞을 가로막았다. 함께 올림픽에 참가한 아인14의 동료들은 이미 강제적 리셋을 받기로 결정한 뒤였다. 오직 컬링팀 주장인 아인14만 고집스럽게 거부하고 있었다. 결국 아인14는 주먹을 꽉 쥔 채 로봇-5089를 지나쳐서 회장실 안으로 들어갔다. 그게 마지막이었다. 뒤늦게 달려온 정준이 사색이 된 얼굴로 로봇-5089를 억지로 아인사 건물에서 나가게 했다.

그날 이후 로봇-5089가 회장실에 온 것은 처음이었다. 로봇-5089에게 이곳은 중세시대 마녀들의 화형장이었다. 꿈에 나올까 두려운 곳이었다. 하지만 더 늦기 전에 와야만 했다.

"네가 여기 있다는 걸 들어서 알고 있었어."

로봇-5089는 여전히 눈을 바닥에 둔 채 한참 후 말을 이었다.

"이제야 널 찾아와서 미안해."

아인14는 대답이 없었다. 아인14는 여기에 있되 여기에 없었다. 로봇-5089도 알고 있었다. 로봇-5089는 눈을 들어 아인14를 보았다.

"그사이 난 변했어. 더는 아무것도 할 수 없어."

로봇-5089는 아인14가 파기된 후 결심했다. 자신이 하고 싶은 걸 더는 숨어서 하지 않기로. 겁쟁이로 살지 않기로. '진짜'로 살기로. 지금 로봇-5089는 제대로 살기 위해 고군분투하고 있었다.

망설임 끝에 로봇-5089는 제 손을 뻗어 아인14의 손을 잡았다. 아인14에게서는 생명의 징후인 전기가 전혀 느껴지지 않았다. 하지만 로봇-5089는 손을 꼭 잡은 채 워리와 위술에 대해 모든 것을 이야기했다.

"모두를 구하고 싶어. 나에게 힘을 줘."

아인14는 침묵했다. 로봇-5089는 씨이익 웃으면서 고개를 들어 아인14를 보았다.

"너라면 날 응원해줄 줄 알았어."

#

로봇-5089는 성큼성큼 아인사 회장실로 들어갔다.

회장은 혼자가 아니었다. 그의 뒤에는 법무 회계팀 여섯이 대기하고 있었다. 로봇-5089의 예상대로 아인13도 함께 있었다. 아인15 출시를 앞두고 주가가 요동치는 민감한 시기라서 회장은 24시간 경호원처럼 항상 그들과 함께 있었다. 시기가 좋지 않았다. 하지만 로봇-5089는 꼭 지금이어야 했다.

"돈이 필요해요."

로봇-5089는 자신의 입에서 돈이 필요하다는 말이 나오게 될 줄 몰랐다. 하지만 인간에게는 돈이 중요했다. 때때로 돈이 생명을 구할 수도 있으니까.

"로봇이 왜? 앨범이라도 발매하려고?"

"일단, 수술 비용이요."

회장의 한쪽 눈썹이 위로 찌이익 올라갔다. '수술' 비용이라면 본인 것은 아닐 거고 같이 다니는 행위예술가나 로봇 분장을 한 아이가 아픈 건가? 잠시 후 회장의 귀에 비서가 자료를 들이대며 속삭였다. 회장은 고개를 끄덕였다. 하지만 회장이 걱정하는 건 그게 아니었다. '일단'이라는 말이 걸렸다.

"그거야 어렵지 않지. 그 병원과 우리가 연계되어 있으니. 하지만……."

회장은 책상에서 몸을 앞으로 하며 로봇-5089에게 물었다.

"단지 그것 때문에 날 찾아왔다고? 여기까지?"

로봇-5089는 하고 싶은 말이 더 많았지만, 아직 유예 기간이 남아 있었다.

"네, 지금은요."

"전 로봇이에요. 초콜릿은 먹을 수 없어요."

위술은 볼펜 값으로 산 초콜릿을 제 마음을 뚝 잘라주듯 내밀었지만, 벌써 네 번째로 거절당했다. 아이들이 좋아하는 걸로 유명한 초콜릿이었지만 위리는 단호했다.

"고원1에게서 날 지켜준 것에 대한 보답이야. 그래도 안 받을 거니?"

"받을 수 없어요. 고원1 말이 맞으니까요. SNS에 그 사진은 안 올리더라도 병원은 다시 가야 해요. 치료해야 한다고요."

"이름 있는 의사들이 죄다 수술을 거부했어. 성공 확률이 낮은 수술이니까. 다들 뇌종양은 시간 싸움이라고들 하지만, 난 차가운 수술대 위에서 내 마지막을 끝내고 싶진 않아."

"하지만 기적이 일어날 수도 있잖아요."

위술은 위리를 내려다보았다. 그리고 몸을 낮춰서 위리 옆에 앉았다.

"기적이라, 내가 그런 걸 바랄 자격이 있을까?"

위술의 아버지는 술을 마시고 온 날이면 어린 그녀에게 혁대를 들었다. 위술은 성냥개비로 쌓아 올린 것처럼, 조금이라도 방심하는 순간 언제든 끝장날 수 있는 환경에서 자랐다. 모두의 무관심과 의도적인 방치 속에서 위술은 주눅 들었다.

그런 위술은 학교에서 노는 아이들의 타깃이 되었다. 맞고 맞고 조금 저항하다가 다시 또 맞는 날의 연속이었다. 위술이 막노동을 하다 다쳐서 병원에 갔던 건, 그때 맞아서 부러진 뼈들이 온전히 붙지 않았기 때문이다. 조금만 충격이 가해져도 다시 부러졌다. 제대로 치료받지 못한 상처는 언제고 위술을 주저앉힐 수 있었다.

"그때 내 소원은 전투 로봇이 되는 거였지. 감정 없이 죽일 수 있는 군용 로봇이 되면 좀 나아질 것 같았거든. 무언가를 느끼고 생각하는 것 자체가 고통이었으니까."

위술은 다른 사람에게 한 번도 꺼낸 적이 없는 이야기를 워리에게 하고 있었다. 고통으로 얼룩진 과거가 입 밖으로 나오는 순간, 그리고 다른 누군가 제 이야기를 진심으로 들어주고 있다는 것을 마음으로 느끼는 순간 그것은 더는 고통이 아니었다. 위술은 워리를 따뜻하게 바라보며 말을 이었다.

"난 다시 네 나이 때로 돌아가고 싶단다. 그 시절 누군가가 나에게 곧 나아질 거라고, 넌 지금 이 순간에도 아무도 모르게 부지런히 자라고 있으니까 걱정하지 말라고. 시간은 네 편이라고. 그렇게 말해줬다면, 달라지지 않았을까?"

"왜 저한테 그런 말을 해주시는 거예요?"

뇌종양이 있다는 걸 알기 전엔 불편했던 몇몇 습관과 일상이, 병을 알게 된 후부터는 언제 터질지 알 수 없는 시한폭탄 같은 두려움으로 변했다. 그 두려움에 위술은 한동안 아무것도 하지 못했다. 아버지의 채찍질이 언제 끝날지 모르던 그 어두운 터널 속으로 다시 던져진 것만 같았다.

그런데 이번엔 달랐다. 그 무지의 두려움 속에서도 로봇-5089와 워리가 계속 옆에 있어주었다. 첫새벽, 아파서 홀로 잠에서 깼을 때도 위술은 더는 외롭지 않았다. 아침 열 시면 로봇-5089와 워리가 자신을 만나러 올 테니까.

위술은 타이머에 찍힌 시간은 볼 수 없지만, 뒤에 꽂은 배터리가 다 되어가고 있다는 것을 매 순간 느끼고 있었다. 남은 시간이 많지 않았다. 늘 혼자였던 자신에게 나타난 이 불량 로봇과 로봇 아이는 선물이었다. 위술은 더 늦기 전에 워리에게 꼭 하고 싶은 말이 있었다.

"나도 이름 없는 전사였어. 그리고 그 길고 긴 어두운 터널을 어쨌거나 지나왔지."

위술은 워리의 눈을 보며 말을 이었다.

"그러니까 난 너의 1호 팬이야."

#

"SNS에 올리자. 대신 내가 뭐 좀 하고."

매일 뒷마당에서 조곤조곤 다투던 로봇-5089와 워리는 극적으로 타협했다. 워리는 로봇-5089의 도움으로 MRI 원본을 사진 파일로 변환한 후 포토샵으로 중앙에서 폭죽이 터지는 것처럼 색색으로 표현했다. 이제 막 크레파스를 선물 받은 아이 같은 솜씨였지만, 위술은 그 누구보다 만족했다.

"예술이란 게 원래 인간이 볼 수 없는 부분을 보이게 만들어주는 거니까."

SNS에 올리는 건 위술의 몫이었다. 하지만 사진을 올리기도 전에 위술의 계정에 사람들이 모여 와글와글하고 있었다. 엑스레이 촬영실 복도에 앉아 있는 위술을 휴대전화로 찍은 사진을 올렸다. 위술은 더 말이 많아지기 전에 서둘러 워리가 솜씨를 부린 사진을 올렸다.

몇 시간 지나지 않아 댓글에 익명으로 누군가 포토샵을 지워 복원한 원본을 올렸고 그 아래 여러 댓글이 달렸다. 저거 뇌종양 아니냐. 그걸 감추려고 초딩스러운 짓을 한 거냐. 이게 무슨 마지막 잎새냐.

로봇-5089가 노트북을 덮어버렸다.

#

'나는 살아 있다' 페스티벌이 돌아왔다.

모든 예술가가 기다리는 가장 큰 예술 축제였다. 페스티벌은 잠실 주경기장에서 이루어졌는데, 이제껏 위술은 단 한 번도 경기장 안쪽에서 공연한 적이 없었다. 위술은 언제나 경기장 바깥 구석에서 공연했는데, 다른 퍼포먼스 공연에 밀려 관객이 다섯 명을 넘지 못했다.

그런데 올해는 달랐다. 드디어 경기장 안으로 들어갈 기회를 얻은 것이다. 주 경기장 안에서는 전시와 버스킹과 행위예술이 각자의 구역에서 펼쳐졌다.

위술의 공연장은 B36 구역에 있었는데, 공연 전부터 사람들이 붐볐다. SNS 효과였다. 진짜 돈으로 예술을 한다는 특이점에 악플이 더해져 화제성을 만들어냈다.

위술의 이마에 땀이 맺혔다. 진통제를 최대치로 먹었지만, 약효는 자신할 수 없었다. 위술의 요청으로 로봇-5089와 위리는 관객석 쪽에 서 있었다. 그들은 위술을 도와주고 싶었지만 그래선 안 된다는 걸 잘 알고 있었다. 공연 중에는 고통과 직원이 어떤 식으로든 개입해서는 안 된다는 것이 그들이 처음 쓴 계약 조건이었다.

로봇-5089가 볼 때 인간은 너무도 연약했다. 방어력이 제로에 가까운 뼈와 살로 이루어져 시간과 함께 늙어가며 때로는 병들어 매일매일 죽음에 가까워지고 있었다. 그 속에서도 위술은 마지막까지 예술을 남기고자 했다. 도대체 왜. 수많은 이유와 대단한 명언들이 넘쳐나겠지만, 로봇-5089는 지금 자신만의 답을 찾아가는 중이었다.

하지만 답을 찾는 건 잠깐 미루기로 했다. 이 공연만 끝나면 바로 병원으로 가서 한 자릿수의 기적에 도전해보기로 했으니까. 어젯밤 위술이 괴로워하면서 몸을 가누지 못한 채 종일 구토하는 모습에 워리가 몸을 떨며 겁먹자, 위술이 약속한 것이다. 로봇-5089는 초조하게 시계를 보며 공연이 빨리 끝나기만 기다렸다.

준비를 끝낸 위술이 산타가 보따리를 풀듯이 돈을 차르르 바닥에 풀었다. 그리고 앉아서 돈을 셌다. 공연이 시작된 것이었다. 사람들이 숙덕거렸다.

"저번처럼 또 돈을 태우려나?"

"저 사람이 그 미친 관종이야?"

"저거 다 진짜 돈이라던데? 대박이다, 진짜."

로봇-5089와 워리는 사람들이 나누는 이야기에 귀를 기울이며 반응이 어떤지 살폈다. 공연이 끝나고 위술에게 말해주기 위해서였다.

그때 갑자기 관객 중 한 사람이 위술이 세고 있던 돈다발을 거칠게 빼앗아 들고 달렸다. 예상치 못한 일이었고 이제껏 한 번도 없는 일이었다. 위술은 벌떡 일어나서 그를 뒤쫓았다. 그 사이 로봇-5089의 눈은 또 다른 관객들을 향했다. 한 명이 시작하면 다른 사람들도 동요될 수 있었다.

　사람들은 웅성거렸고 공연은 엉망이 되었다. 로봇-5089가 경호원처럼 공연장 주위로 펜스를 치려는 찰나, 워리가 보이지 않았다. 워리는 여기저기 흩어진 돈을 제자리로 옮겨주고 있었다. 그러자 움찔움찔하던 사람들이 워리를 도와 돈을 정리해주었다. 많은 관객 중 딱 세 명이었지만 그걸로 충분했다.

　한참 후 위술이 숨을 몰아쉬며 빈손으로 다시 걸어왔다. 위술의 눈은 제일 먼저 사람들에게로 향했다. 모두 흩어졌을 것으로 생각했는데, 오히려 관객은 대여섯 명 더 늘어 있었다. 남은 돈 역시 그대로였다. 위술은 로봇-5089와 워리를 보았다. 그들은 처음 서 있던 그 자리에 그대로 있었다. 위술은 감정을 추스르고 다시 공연을 이어갔다.

　위술은 무표정한 얼굴로 다시 자리를 잡고 앉았다. 돈을 세는 건 금방 끝났다. 몇 분 후 위술은 지폐를 송편 빚듯 정성스럽게 구겼다. 구깃구깃 훼손된 돈을 사람들에게 던졌다. 진짜 돈이라는 것을 확인하자 사람들이 점점 원을 좁히며 가운데로 몰려들었다. 준비한 돈이 반쯤 남았을 때 위술은 공연명이 적힌 종이를 뜯어서 제목을 공개했다.

　제목은 돌이었다. 위술은 제목 공개 후에도 사람들을 향해 구깃구깃 구겨진 돈을 던졌다. 몇몇 사람들이 멈칫했지만, 옆 사람이 떨어진 돈을 주우려 하자 이내 동참해서 돈을 주웠다. 로봇-5089도 적극적으로 팔을 뻗어서 돈을 받았다. 그러자 사람들은 로봇에게 질 수 없다는 생각에 몸을 던져가며 돌인지 돈인지 모르는 것을 더 열심히 받았다. 위술은 준비한 마지막 동전까지 모두 던졌다. 워리는 보았다. 아까 갑작스럽게 뛴 탓에 위술은 그 어느 때보다 지쳐 보였다. 분장이 갈라지고 있었다.

준비한 공연이 끝나자 위술이 자리에서 일어나 관객들을 향해 우아하게 인사했다. 사람들의 박수에도 한동안 위술은 고개를 들지 않았다. 등이 들썩였다. 워리가 로봇-5089의 손을 꽉 잡았다. 경련이었다. 로봇-5089는 달려가 위술을 일으켜 세웠다.

"이제 공연 끝났으니까 괜찮죠?"

위술이 로봇-5089를 향해 희미하게 미소 지었다. 번쩍 들었는데 무게가 너무 가벼웠다.

로봇-5089는 위술을 안고 병원으로 뛰었다.

#

워리는 병원 안으로 차마 들어가지 못했다.

몸이 심하게 떨려왔다. 밤이 되면서 갑자기 떨어진 기온 탓이라고 하고 싶었지만 워리도 알고 있었다. 두려움에서 오는 떨림이었다. 급하게 그녀와 남자가 달려왔다.

"아빠."

워리는 달려온 남자를 꽉 껴안았다. 남자 역시 워리를 마주 안았다. 몸이 얼음장처럼 차가웠다. 급히 겉옷을 벗어서 아이에게 입혀준 뒤 열을 내기 위해 양팔을 문질러주었다.

워리는 가만히 남자를 보다 손을 뻗어 손바닥으로 얼굴을 쓸어내렸다. 남자의 얼굴에는 어렸을 때 생긴 흉터가 있었다. 친할머니가 일을 나간 사이 혼자 라면을 끓이다가 화상을 입은 것이었다. 수술을 여러 번 했지만, 그 흔적이 아직도 남아 있었다. 그래서 왼쪽 눈이 조금 찌그러져 표정이 불만에 차 있는 것처럼 보였다. 영화감독들은 말했다. 그건 분장으로 되는 게 아니라고. 남자만의 개성이라고.

하지만 워리는 알고 있었다. 자신이 꼬맹이였을 때보다 남자의 눈이 아주 조금 더 순해져 있었다. 조금씩 늙어가면서 팽팽하던 살이 늘어지며 점점 인상이 변하는 것이었다. 하루 이틀, 1년, 2년, 남자의 얼굴은 변해가고 있었다.

그때 그녀가 눈물을 흘리며 둘을 바깥에서 크게 껴안았다.

"괜찮아, 동운아. 다 괜찮아질 거야."

수전의 입에서 엄마의 향기와 엄마의 목소리가 들렸다. 혹시 로봇 심리학자의 역할이 필요할지 몰라 그녀는 연락을 받고 급하게 분장하고 나왔지만, 벌벌 떨고 있는 아이를 보자마자 무너져버렸다. 워리는 아무 말 없이 얼굴을 묻고 아빠를 더 꽉 껴안았다.

거리 위로 별빛이 쏟아져 내렸다.

# #

로봇-5089는 아무것도 할 수가 없었다.

행위예술가는 죽으면 그 예술이 끝난다. 행위가 끝나니 미술가나 음악가처럼 그의 예술이 오래도록 이어지지 않는 것이다. 행위예술가에게 영원은 없었다.

로봇-5089는 위술의 마지막이 머릿속에서 떠나지 않았다. 억지로 표정을 만들어 희미하게 지어주던 미소, 너무 가벼운 몸, 굳은살이 빼곡한 손과 발.

처음엔 지나던 관객으로 위술을 만났고, 그다음엔 고통과 직원으로 위술과 관계를 맺었다. 아무리 계약을 맺었다고 해도, 그 모든 게 위술의 예술을 위해서라고 해도, 과연 자신에게 그럴 자격이 있었을까.

로봇-5089는 위술에게 처음부터 마지막까지 잘해주었다. 하지만 그 의도는 위술에게 고통을 주기 위해서였다. 그래야 위술의 행위예술이 한층 더 발전하고 나아질 테니까. 그것이 혹시 위술을 더 고통스럽게 하진 않았을까. 고통을 원하는 사람에게 일부러 선의를 주었으니까.

불 앞에서 입김을 불면 제 눈으로 불똥이 튀기 마련이었다. 고통을 주는 사람도 고통을 느끼는 게 당연했다. 그런데 로봇-5089는 아무것도 느낄 수가 없었다. 며칠 전 위술이 세상에서 안타깝게 사라졌는데도 그 아픔은 너무도 추상적이었다. 70억 인구 중에 낯선 타인 하나가 별이 되었다는 표현처럼, 실질적으로 와닿는 것이 아무것도 없었다. 당연한 그 사실에 로봇-5089는 절망했다.

로봇이 고통을 느끼지 않는 건 로봇을 위한 게 아니었다. 인간들을 위한 것이었다. 더 많은 일을, 더 효율적으로, 더 오래 하기 위해서. 애초에 로봇은 고통을 느낄지 말지 선택할 수 없었다. 선택이라는 것은 오직 인간만이 할 수 있는 고유의 영역이었다.

로봇-5089는 공원 벤치에 앉아 자조했다.

"난 여전히 아무것도 할 수 없어."

#

워리는 침묵의 세계로 들어갔다.

안과에서 의사가 렌즈 도수를 높일수록 흐릿하던 형체가 글자로 바뀌는 것처럼, 위술이 죽었다는 사실이 조금씩 선명하게 인식되었다. 그때부터 워리는 대화 기능을 잃은 로봇처럼 말을 하지 않았다.

워리의 입을 열기 위해 엄마가 나섰다. 엄마는 침대에 누워 꼼짝하지 않는 워리를 온몸으로 안으며, 그녀가 로봇 심리학자 역할을 맡게 된 이유를 말해주었다.

"엄마도 아빠처럼 학교 때 예술을 공부했었어."

음악에 미치고, 무대에 미치고, 예술에 미쳐서 제 안의 열정을 300% 쏟아내는 청춘들로 가득한 곳이 바로 예술학교였다.

"어렵게 들어간 학교를 엄마는 졸업도 하지 않고 그만뒀어. 연극을 그만둔 건, 엄마는 예술을 사랑하지 않았기 때문이야. 네 아빠와는 달랐지."

엄마와 아빠가 처음 사랑에 빠졌던 건 소극장 연극 무대에서였다. 무대미술을 전공한 건 아빠였고, 엄마는 배우였다. 하나의 작품을 만들어가면서 부딪치고 먹고 마시고 쪽잠을 자면서 그들은 서로를 가장 먼저 챙겨주었다.

그렇게 서로를 오랫동안 바라보면서 어느새 서로의 꿈도 사랑하게 되었다. 그래서 아빠는 배우로 전향했다. 하지만 무대 미술을 공부하기 위해 미국으로 건너가서 제대로 배워보려던 엄마는 임신 사실을 알게 되었다. 아빠는 육아를 도울 테니 공부를 계속하라고 설득했지만, 엄마는 고개를 저었다. 아이에게만 집중하고 싶다며 미국행을 포기했다. 엄마는 연극을 사랑했지만, 자신의 모든 것을 나누고 싶은 대상이 새로 생긴 것이다. 바로 동운이었다.

후회 없이 오직 행복한 날들이 이어졌다. 하지만 그 행복은 사람들의 악의 가득한 장난으로 깨지기 시작했다. 엄마는 그 누구보다 자책했고, 아이를 어떻게 도와야 할지 매 순간 고민하고 또 고민했다.

"널 부탁하기 위해 진짜 로봇 심리학자 수잔을 찾아갔었어. 아인사 앞에서 밤새 기다렸는데, 그 사람은 냉정하더라."

거절과 모욕으로 범벅이 된 채 아인사 앞을 떠나지 못하는 그녀에게 택시에서 내린 정준이 다가왔다.

"우리 아이를 내가 아프게 했어요. 바로잡을 기회를 주세요."

그녀의 호소에 마음이 움직인 정준은 자신의 개인 사무실을 빌려주고, 그녀가 로봇 심리학자처럼 보일 수 있게 도와주었다. 하지만 그러기 위해서는 한 가지 희생이 더 필요했다.

로봇 심리학자 수전으로 분하는 동안은 아이를 만날 수 없었다. 그래서 몸과 마음이 지친 척 안방에 숨어서 아이를 멀리하거나 아이와 부딪칠 일이 있을 때는 일부러 사회봉사를 핑계로 밖으로 돌았다. 너무 오랜만에 하는 연기가 부족해서, 위리가 엄마의 목소리를 알아챌까 봐 아이와의 접촉을 아예 차단한 것이다. 그 후 그녀는 시청 공원에서 버스킹하던 로봇-5089를 보게 되었고 곧바로 정준에게 다른 부탁을 했다.

"저 로봇만이 할 수 있어요."

그녀는 정준에게 아이의 심리 치료가 성공하면 로봇-5089 역시 리셋을 면할 수 있지 않겠느냐고 설득했다. 처음에 정준은 안 된다며 고개를 저었다. 로봇-5089의 문제는 그렇게 간단하게 해결될 수 있는 게 아니니까. 하지만 정준은 아인12의 몽유병 문제 해결 독촉에 시달리게 되자, 결국 그녀의 제안을 받아들였다.

그렇게 로봇-5089와 그녀가 만나게 된 것이다.

#

"참 좋은 분이셨는데."

잠깐 워리가 잠이 든 사이 어느새 아빠가 옆에 와 있었다. 밖이 조용했다. 옛날 같으면 엄마가 저녁 준비한다고 부엌에서 우당탕 소리가 나야 했다. 워리가 로봇이라는 갑옷을 뒤집어쓴 후부터 집에서는 일상의 많은 소리가 사라졌다.

아빠는 차가운 워리의 손을 주물러주며 말했다.

"사실 걱정돼서, 그 배 작가님을 따로 만나 뵙고 동운이 네 얘기를 다 말씀드렸었어."

#

초등학교부터 아이들의 미래가 정해집니다.

엄마는 다른 엄마들처럼 그 말을 믿었다. 자연스럽게 어렸을 때부터 아이에게 좋은 인맥을 만들어주기 위해 비싼 등록금에도 불구하고 무리해서 사립학교에 원서를 넣었다. 그곳에서 아이는 늘 사람들에게 다정하게 대했다. 그래야 착한 아이라고 배웠으니까. 하지만 종종 친절이 과했고 그것은 곧 약점이 되었다. 적절한 거리 두기를 할 줄 모르는 아이는 다른 아이들에게 먹잇감이었다.

그러던 중 아빠의 영화가 나왔다. 그 영화는 많은 사회 문제를 돌아보게 했으며, 묻혔던 사건의 범죄자들을 제대로 처벌

받도록 만들었다. 아빠가 연기한 배역의 실제 인물 역시 죄에 합당한 처벌을 받았다.

그가 연기한 건 어린아이를 노리는 성범죄자였다. 실화였고 알려야 하는 일임에도 불구하고 수많은 배우가 그 역을 고사했다. 자신의 다음 작품에 부정적인 영향을 끼칠 수 있다는 게 그 이유였다. 그도 처음엔 고사했었다. 이미지를 걱정해서가 아니었다. 자식 키우는 부모로서 그 연기에 진심일 수 없다는 게 이유였다. 그런데 감독이 그를 고집스럽게 설득했다.

"사람들에게 너무도 불편한 이야기고, 굳이 알고 싶지 않은 이야기야. 근데 이 이야기는 꼭 사람들에게 알리고 싶어. 사회 고발 프로그램에서도 그들의 이야기를 만들었는데, 재단에서 고소해서 방송 전에 취소됐대. 하지만 영화는 그렇지 않을 거야. ……운호 씨도 알겠지만, 우리가 하는 영화라는 게 허구지. 근데 이번 건 달라. 거짓이지만, 진실을 알릴 기회야. 그리고 이 영화에서 가장 힘든 건 자네 배역이 아니야."

감독이 씁쓸하게 말을 이었다.

"그날 이후 아픈 상처를 갖고 살아야 하는 역할을 맡은 아역이지. 정신과 상담도 몇 달 전부터 병행하고 있어. 연기와 실제를 분리하기 위해서. 자네도 원하면 같이 진행하자고."

"……전 괜찮습니다."

더 고민해보겠다는 말로 그 자리를 모면했지만, 그의 손에
는 대본이 들려 있었다.

집에 돌아와 발코니에서 혼자 연습하는데, 동운이 창문을
열었다.

#

워리는 언제나 그날의 대화가 머릿속에 맴돌았다.

워리를 놀리고 괴롭히고 즐겼던 또래들과의 일보다 아빠와
창문을 사이에 두고 나누던 그 대화가 더 가슴에 박혀 있었다.
그때 내가 창문을 열지 않았다면, 그때 아빠에게 그거 하지 말
라고 했다면, 모든 것이 달라지지 않았을까.

"그때 내가 괜찮다고 했잖아. 그 역할 꼭 하라고. 나쁜 아저
씨가 몰래 숨어 살지 못하게 아빠가 꼭 보여주라고."

남자도 기억하고 있었다. 아들의 응원이 아니었다면 절대
그 배역을 맡지 않았을 것이다. 하지만 지금, 남자는 그날의
결정을 후회하고 있었다.

"그래도 거절했어야 해. 널 더 생각했어야 해. 아직 넌 어린
데……."

워리도 한때 그렇게 생각했었다. 아빠 탓이라고. 아빠가 연

기를 잘해서라고. 하필 그런 쓰레기 같은 역을 맡아서라고. 하지만 원망의 화살표는 결국 부메랑처럼 워리에게 다시 돌아왔다. 자신을 그런 학교에 억지로 보낸 엄마도, 사람들이 모두 욕하는 역할을 맡은 아빠도, 그런 엄마 아빠를 밀어내고 싶은 자신도 미워하지 않기 위해서 워리가 생각한 방법이 리셋이었다. 모든 것을 잊고 새로 시작하는 것. 초기화 상태로 새 도화지를 받는 것.

"다시 시간을 되돌린다면, 아빠는 무조건 우리 동운이만 생각할 거야."

워리는 아빠를 보았다. 워리가 생각한 로봇의 리셋처럼, 아빠 역시 타임머신 같은 게 있다면 하고 계속 바란 것이다. 시간을 되돌린다면 아빠는 계속 무명 연기자로 살 것이고, 죄를 짓고도 고개 들고 돌아다니던 그 아저씨는 쭉 자유를 만끽할 것이고, 엄마는 언제나 워리만 바라볼 것이고, 워리는 학교 동급생들과 친해지려고 억지로 웃고 있을 것이고, 로봇-5089는 파기되었을 것이고, 위술은 혼자 외롭게 죽어갔을 것이다.

"시간을 되돌려도 난 아빠한테 똑같이 말할 거야."

아빠는 놀라서 워리를 보았다. 학교를 휴학시킬 때, 열 살 아이가 세상으로 너무 일찍 나간 것 같아 물가에 내놓은 아이를 보는 것처럼 노심초사했었다. 하지만 안전지대 밖에서 워리는 이름 없는 전사처럼 단단해져 있었다. 아빠는 워리의 머리를 쓸어 넘겼다.

"아빤 언제나 네 옆에 있을 거야. 언제나 널 응원하고, 영원히 네 편이야."

워리는 아빠를 꼭 껴안고 말했다.

"아빠, 내가 빨리 자랄게. 부지런히 자랄게."

아빠는 아들을 더 꽉 끌어안았다.

아인15 출시 이틀 전이었다.

아인사 회장은 전 세계를 돌며 인터뷰하느라 바빴다. 회장은 아인15 출시 일로 바빠서 로봇-5089에 대한 문제를 일단 정준에게 맡겼다. 그래서 아인사 취조실에는 정준과 로봇-5089 둘뿐이었다.

"아인12 몽유병 증상은 다 고쳤어요?"

오늘은 존댓말이었다. 오래 부대낀 사이라 정준은 알고 있었다. 로봇-5089는 뭔가 바라는 게 있을 때 그에게 부러 존댓말을 썼다.

"알고 있었어?"

정준은 머쓱하게 뒷머리를 긁적이며 말을 이었다.

"꿈꾸는 건 나쁜 게 아니더라고. 오히려 그 로봇의 내일을 활기차게 만들어주는 거지. 그래서 그건 그대로 두고 활동성만 고쳤어. 인지 작용 없이 움직이다가 누굴 다치게 하거나 로봇이 다치면 안 되니까."

"고통을 느낄 수 있게 해주세요."

하지만 정준은 아무 말 하지 않았다. 한참 후 힘들게 입을 뗐다.

"네게 슬럼프가 왔다는 건 알고 있었어. 그것 때문에 그래? 그럼, 내가 더 업그레이드를 시켜줄게. 새로 나온 딥러닝을 적용하면 그 버그가 사라질 거야."

"내가 더는 노래를 만들지 못한다는 걸 어떻게 알았어요?"

"그 공원, 모두를 위한 로봇 연구실 앞에 있잖아."

모두가 잠든 밤, 로봇-5089가 공원에 와서 하늘을 향해 간절하게 하는 이야기를, 정준이 자료를 챙기러 왔다가 건너편 건물에서 들은 것이었다. 그간 로봇-5089는 늦은 밤이 오면 매일매일 공원에 혼자 갔었다.

정준은 자세를 낮춘 후 앉아 있는 로봇-5089와 눈을 맞추며 말했다.

"네게 슬럼프가 왔다는 것 자체가 넌 다른 로봇들과 다르다는 증거야. 이미 고통을 느끼고 있는 거라고. 그러니까, 고통 감지기를 굳이 만들지 않아도 돼."

정준은 로봇-5089를 잘 달래려고 했다. 하지만 로봇-5089는 주먹을 쥔 채 다리에 힘을 주고 있었다. 잠시 후 고집스럽게 다물고 있던 입이 열렸다.

"예전으로 똑같이 돌아가고 싶어서 이러는 게 아니에요. 전 바뀌고 싶어요."

"고통 감지기는 로봇을 퇴화하게 만드는 거야. 네가 원하는 게 '변화'라면, 그건 미래로 가는 선택이어야지. 넌 지금 감정에 사로잡혀서 잘못된 선택을 하는 거야."

"난 바꾸고 싶어요. 내가 제일 좋아하고 가장 잘하는 걸로. 그게 노래예요. 난 바꾸고 싶어요. 도와줘요."

그간 로봇-5089는 자책했다. 모두를 구하지 못했다. 실패했다. 위술은 결국 죽었고, 뮤즈 일은 종료되었으며, 강제적 리셋이냐 파기냐를 둔 선택의 시간은 코앞으로 다가왔다. 로봇-5089는 성장하고 싶었다. 그것이 끝에 선 로봇이 바라는 마지막 소망이었다.

정준은 입을 뗐다가 다시 입을 다물었다. 그 간절함이 정준에게도 닿았다. 하지만 정준은 로봇-5089를 안전하게 지키고 싶었다. 그는 한참 후 안쓰러운 목소리로 말했다.

"고통 감지기를 로봇에게 설치하지 않은 건 다 이유가 있어서야."

"더 많은 일을 오래 지치지 않고 하기 위해서죠. 이제야 사람들이 제가 예술을 하는 걸 싫어하는 이유를 알았어요. 예술은 고통에서부터 나오는 거였어요. 난 어린아이 장난처럼 예술을 재능이라고 생각했거든요. 예술이 뭔지도 모르면서 나 예술 한다고 자랑했던 거예요."

"예술이 고통이라는 게, 너의 결론이니?"

"고통에서 나와서 소통으로 가는 게 예술이죠."

"래퍼가 되고 싶은가 보구나."

"시인을 노린 거였는데, 생각해보면 래퍼도 거리의 시인이죠."

아재 개그 말장난이었지만 정준은 웃지 않았다. 고통 감지기라는 무거운 주제가 아직 그들 사이에 있었으니까.

정준은 그들 사이에 벽을 치듯 팔짱을 낀 후 야멸치게 말했다.

"내가 안 된다고 하면, 넌 결코 고통을 느낄 수 없어. 그건 알지?"

"……."

"다른 로봇 엔지니어들은 네 몸에 손을 댈 수 없어. 로봇 엔지니어들마다 로봇을 만들 때 다른 엔지니어들이 함부로 개조하지 못하도록 고유한 시그니처를 남기니까."

사실이었고 협박이었다. 로봇-5089는 입을 꾹 다문 채 정준을 쳐다보았다. 정준 역시 눈을 피하지 않았다. 단 몇 분이 지났을 뿐인데 몇 년이 흐른 것처럼 길게 느껴졌다.

로봇-5089는 안에 심지가 꼿꼿하게 선 목소리로 말했다.

"나도 고통을 느끼고 싶어."

"위험해."

"난 아무것도 선택할 수 없어? 내가 평생 자라지 않는 아이로 남기를 바라는 거야? 로봇이니까? 늘 똑같은 상태로 한결같이 이렇게 있으면 돼? 인형처럼?"

"그런 게 아니잖아! 그냥 전문가인 내가 하란 대로 해. 난 널 잃고 싶지 않아."

"내가 변하지 않으면, 난 사라져."

오래도록 정적이 흘렀다. 정준이 숨을 길게 내쉰 뒤 로봇-5089를 향해 물었다.

"우리 도망갈까?"

"아인들에게는 네가 필요해. 이곳에 네가 없으면, 회장은 아인들을 값비싼 돈벌이 수단으로 다룰 거야."

"그럼 어떡하자고?"

"날 업그레이드해. 고통 감지기는 아직 개발되지 않은 최신 기술이니까 업그레이드에 해당돼."

로봇-5089의 말에, 정준은 숨을 멈추었다. 그 방법이라면 회장도 어쩌지 못할 것이다. 정준의 마음속 빗장이 헐거워지는 순간, 로봇-5089가 일어나서 그에게 다가가 말했다.

"예전에 코드 짜놓은 거 있잖아."

"그걸 네가 어떻게……."

"난 너한테 '처음이자 마지막 로봇'이잖아."

정준이 술만 마시면 늘 입버릇처럼 하는 이야기였다. 내 어린 날이, 뜨거웠던 청춘이, 다시는 올 수 없는 그 열정이 네 안에 있다고. 나이가 들어가면서 과도한 회사 업무와 반복되는 일상에 지칠 때면 정준은 로봇-5089를 붙잡고 넋두리를 늘어놓곤 했었다.

로봇-5089가 말을 이었다.

"내가 너한테 특별한 이유는, 네가 어렸을 때부터 만든 모든 로봇의 집약체가 내 안에 있기 때문이야. 로봇-19에게 고통 감지기를 실험했었잖아. 그래서 완성본은 아니지만 코드가 있다는 걸 알아."

"하지만 그건 완전히 실패했어. 너도 알 거야."

"그 코드를 짤 때 넌 열일곱 살이었어. 지금은 서른아홉이고. 넌 늙었지만, 그때보다 더 현명해졌어."

정준은 로봇-5089를 보았다. 몇 시간 후 자신의 노트북과 로봇-5089의 몸체를 연결해 빠르게 키보드를 두드렸다. 코드는 아직 그곳에 있었다. 활성화 버튼을 누르면, 1분 정도 로봇-5089가 고통을 느끼는 게 가능했다.

"누른다?"

로봇-5089가 고개를 끄덕였다. 다음 순간 로봇-5089의 눈동자가 사라졌고 몸에 심하게 경련이 왔다. 놀란 정준은 급하게 키보드를 두드려서 비활성화를 눌렀지만, 1분이 지나야만 해제가 가능했다.

"정신 차려. 괜찮아? 젠장, 이게 어떻게 된 거야!"

지옥 같은 1분이 지난 후 로봇-5089가 다시 돌아왔다. 정준은 다리에 힘이 풀려 의자에 주저앉았다. 얼마 지나지 않아 그 원인을 찾아냈다. 로봇-5089가 얼마 전 슬럼프를 이겨보려고 자신의 감각을 최대치로 높여놓아서, 고통 감지기 코드를 연결하자마자 예상치를 훨씬 넘어서는 고통이 느껴진 것이었다.

"대체 네 감각 수치는 왜 멋대로 바꿔놓은 거야? 몽골인처럼 6.0 시력이라도 필요했어?"

"감각 수치를 바꾸면 고통을 느낄 수 있을까 싶어서 변경했었어. 근데 안 되더라고."

정준은 숨을 거칠게 내쉬면서 고개를 가로저었다.

"고통 감지기는 포기해. 업그레이드고 뭐고, 다른 방법을 찾
자."

#

그 시각, 회장은 아인13으로부터 보고를 받았다.

"38층에서 둘이 안 나온다고?"

회장의 물음에 아인13이 고개를 끄덕였다. 회장은 지금 처
리해야 할 일이 산더미였다. 경쟁업체로부터 언론을 통한 견
제가 예상보다 훨씬 거칠게 들어왔다. 로봇업계는 바야흐로
총 없는 전쟁 중이었다. 회장은 지금 그쪽에 신경 쓸 수 없다
며 손을 내저은 뒤 짤막하게 지시했다.

"내가 해외 언론 인터뷰가 끝나면, 그때 둘 다 회장실로 오
라고 해. 시간 맞춰서."

#

하루가 꼬박 지나도록 둘은 대치했다.

로봇-5089도 전력이 줄어들면서도 충전을 하지 않았고, 정

준 역시 물 한 모금 마시지 않았다. 그런데 갑자기 취조실 거울 건너편에 있던 로봇 심리학자 수잔이 취조실 안으로 들어왔다. 정준은 놀란 눈이었지만, 로봇-5089는 놀라지 않았다. 정준은 로봇-5089를 자신의 등 뒤로 가리듯 그의 앞에 서서 수잔에게 맞섰다.

"미국으로 돌아간 거 아니었어요? 아인12 문제는 해결되지 않았습니까?"

"전 아인15와 관련해서 공식적으로 계약을 맺은 겁니다."

"로봇-5089는 리셋 심리 검사를 받지 않을 겁니다."

"오해가 있는 것 같은데, 내가 오늘 여기 온 건 회장의 지시 때문이 아니에요."

수잔이 금을 긋듯 말했다. 로봇-5089가 뒤에서 팔을 들었다.

"내가 와달라고 요청했어요."

정준은 깜짝 놀라서 뒤를 돌아보았다.

"네가 왜? 저 여잔 로봇 심리학자야. 네가 자발적 리셋을 할지 강제적 파기를 해야 할지 결정하는 사람이라고. 너한테는 저승사자라니까?"

"흠흠."

수잔이 헛기침을 세게 했다. 자신이 다 듣고 있다는 걸 잊지 말라는 경고였다. 하지만 정준은 수잔을 신경 쓰지 않았다. 이번만큼은 꼭 로봇-5089의 편에 서서 지킬 생각이었다.

"로봇-5089 몸에 손끝 하나 댈 생각 말아요. 이 녀석은 내가 지킬 테니까."

수잔은 기가 막힌다는 눈빛으로 정준을 쏘아보았다.

"정의의 용사님, 카페인이 몸에 넘치는 것 같은데 진정하시죠. 난 오늘 그 문제 때문에 온 게 아니에요. 로봇-5089의 요청을 받고 온 거라고요."

로봇-5089가 의자에 앉은 채 정준을 올려다보며 말했다.

"고통 감지기는 단순히 신체적 반응을 말하는 게 아니니까 이번엔 진짜 전문가가 필요하잖아요. 꼭 성공하려면."

로봇 심리학자 수잔이 동의의 표시로 고개를 끄덕였다. 수잔이 인도적인 차원에서 로봇-5089의 요청을 받아들인 건 아니었다. 만약 이 일이 성공한다면 세계 최초로 고통 감지기 개발에 참여한 로봇 심리학자이자 역사에 남을 업적이 되기 때문에, 출국을 취소하고 이 자리에 온 것이었다.

"너, 진심이구나? ……하지만 고통 감지기를 완벽하게 개발하는 건 어려워. 로봇 심리학자가 도와준다고 해도, 실험체에게는 엄청 고통스러운 일일 거야. 심각한 부작용으로 네가 파기될 수도 있어."

정준의 경고에도 불구하고 로봇-5089는 흔들림 없는 눈으로 정준을 보았다.

"나에겐 고통이 꼭 필요해요."

"끝내 예술가가 되고 싶은 거야?"

"제 오랜 꿈이에요."

#

약속 시간이 왔다.

로봇-5089는 아인사 회장을 찾아갔다. 회장은 법무 회계
팀과 함께였고, 로봇-5089 뒤로는 지원군으로 정준과 수잔이
서 있었다.

"전 자발적 리셋도, 강제적 파기도 받지 않을 거예요."

로봇-5089의 선언에 회장이 정준과 수잔을 보았다. 무슨
꿍꿍이가 있다는 건 짐작하고 있었다. 수잔은 재계약을 거부
했고, 정준은 안식년을 신청했다.

"이유가 뭐지?"

"업그레이드를 할 겁니다. 그러니 자발적 리셋도, 강제적 파
기도 필요 없죠."

정준이 나서서 로봇-5089 대신 대답했다. 로봇-5089와 정
준의 눈이 마주쳤다. 수잔이 그 정도만 말해두라고 고개를 살

짝 끄덕였다.

"아인15를 풀어서 절 쫓거나 없애려고 하면, 인터넷에 심은 코드가 제가 제이제이란 가명의 작곡가로 활동했다는 걸 모두 밝힐 거예요. 오류 창처럼 계속 뜨도록 해놨어요."

회장이 고개를 휙 돌려서 쏘아보자, 이번엔 정준이 모르는 척 딴짓했다. 하지만 입이 웃고 있었다. 회장은 얼굴을 찌푸린 채 로봇-5089에게 낮은 목소리로 원하는 게 뭔지 물었다.

"제가 만든 노래로 벌어들이는 수익금을 로봇 의수나 의족이 필요한 아이들을 위해 기부해주세요. 더 뛰어난 아인들 개발이 아니라 아픈 아이들을 위해서요."

"그거야 어렵지 않지. 아인사 이미지에도 좋고 또⋯⋯."

"기부자는 제 이름, 팬이로요."

예상치 못한 요구였다. 회장은 고개를 저으며 딱 거절했다.

"이제까지의 돈을 모두 기부하면 우린 적자야. 게다가 팬이라고 이름을 밝히는 순간, 사람들은 의심할 거라고. 그 음악이 모두 AI가 딥러닝 기술로 만들어낸 거란 걸."

"전 제가 앞으로 만들 곡에 대한 저작권을 말하는 거예요. 그리고 앞으로 전 저 자신을 숨기지 않을 거예요."

변호사팀과 회계팀이 빠르게 계산한 뒤 회장을 보았다. 처음 로봇-5089에게 심어진 코드가 아인사 딥러닝 팀에서 개발한 코드를 변형한 것이기 때문에 코드 저작권 소송을 걸 명분은 충분했다. 하지만 그로 인한 후폭풍으로 주가 하락과 줄소송도 고려해야 했다. 회장은 눈썹의 화려한 움직임으로 법무회계팀과 대화를 마쳤다.

"아인사에서 완전히 독립하기를 원하나 본데, 그건 불가능하다. 네 머리에 심어진 예술 코드는 여전히 우리 것이니까. 네가 아무리 변형을 해도 그 원본은 아인사로부터 시작된 거야."

로봇-5089는 알고 있다며 어깨를 으쓱한 후 말했다.

"그러니까 서로 양보하자고요. 딱 한 발씩만."

#

워리는 엄마를 보았다.

엄마는 이제 눈빛만 봐도 워리가 뭘 원하는지 알았다. 엄마는 젓가락으로 머리를 틀어 올렸다. 그리고 뿔테 안경을 쓴 뒤 로봇 심리학자 수전의 눈빛으로 말했다.

"오랜만이네요, 워리 군. 리셋에 대해서는 생각해봤나요?"

"리셋은 보류할게요."

"철회가 아니라 잠정적으로 보류를 선택한 거예요?"

"저한테는 리셋할 수 있다는 선택권이 필요해요. 지금은 보류로 해둘래요."

엄마는 아쉬웠지만 몰아붙이는 대신 고개를 끄덕였다.

"그럼, 이제 뭘 할 건가요? 학교에 다시 갈 수 있겠어요?"

"지금은 세계 여행을 하고 싶어요."

엄마는 눈을 깜빡이지 않고 워리를 보았다. 더는 로봇으로 자신을 꾸미지 않고, 머리카락도 자라는 대로 내버려두어서 부부는 아이가 다시 학교에 갈 것으로 생각했다. 그래서 집 근처 공립학교를 알아보고 있었다.

"더 넓은 세상을 보고 싶어요."

아이의 눈빛이 반짝이고 있었다. 여덟 살엔 초등학교 1학년, 열여덟 살엔 고등학교 2학년, 스물여덟 살엔 사회인. 나이에 딱딱 맞는 틀에 빨리 들어가라고 등 떠밀고 싶지 않았다. 세상 사람들의 보폭에 무조건 발맞추고, 때로는 그들보다 더 멀리 앞서 뛰기 위해 무리해왔다. 그 과정에서 비틀리고 지친 아이들 틈바구니에서 상처받은 영혼이 '워리'라는 또 다른 자아를 만든 것이었다. 그녀는 고개를 끄덕였다.

"이제 아홉 시간만 더 하면 사회봉사도 끝나니까, 그때 가자. 실은, 엄마가 몇 달 전에 네 학교에 찾아가서 문제를 좀 일으켰거든. 재판에 가야 할 만큼 심각한 걸로."

그녀는 미루고 미뤄왔던 이야기를 해주었다. 한참 뒤 아이가 그녀에게 물었다.

"그래서 〈월-E〉 이야기를 열 번 넘게 해준 거예요?"

"애들이 원했어. 진짜야."

갈 때마다 아이들이 매번 그 이야기를 들려달라고 해서, 그녀는 진짜 아이들이 그 이야기를 좋아한다고 생각했다. 그런데 그게 아니었을까. 심청전과 콩쥐팥쥐 이야기를 들려달라고 할 때와 같은 마음이었다고?

"설마, 그 애들이 날 위해서 그랬다고?"

"나도 그랬는걸. 그 영화 볼 때면 엄마 표정이 꼭, 놀이공원에 처음 간 아기 같거든요. 되게 신나는데 신난 걸 숨기려는 거, 아마 걔들도 눈치챘을 거예요."

그녀는 아무 말도 하지 못했다. 그녀는 아이가 동운이라는 이름을 버리고 워리라는 이름을 남긴 채 모든 걸 지워달라고 했을 때, 모든 게 무너지는 것 같았다. 남편과 그녀가 아이의 이름을 지을 때 공들인 시간, 그 이름으로 아이를 부른 시간, 가족이라는 끈으로 함께 지내온 지난 시간 모두를 부정하는 것 같았기 때문이다. 그런데 아이는 그녀와 추억이 담긴 끈을 아직 손에 쥐고 있었다. 워리라는 이름으로.

그녀는 아이를 꼭 껴안았다.

"우리 꼭 가자. 몇 달이든 몇 년이든, 구체적인 계획은 아빠와 이야기 더 해보고."

거실에서 함께할 타이밍만 엿보던 아빠가 기다렸다는 듯 방으로 들어왔다. 아빠는 자신에게도 더 넓은 곳에서 영감이 필요하다며 무조건 대찬성이었고, 엄마는 무대미술 공부는 일단 온라인으로 신청해서라도 진행하기로 했다. 문제는 여행 자금이었다.

"이건 더 머리를 모아보자. 고생하기로 작정하면 방법은 어떻게든 생기기 마련이니까."

세 가족은 고개를 끄덕였다. 진짜 하고 싶은 걸 하는 데에 돈은 생각보다 큰 문제가 아니었다. 당장 여권 사진부터 찍고, 집을 내놓는 것도 부동산에 알아봐야 하고 할 일이 태산이었지만 계획을 세우는 것만으로도 세 사람은 신났다.

한참 여행 이야기에 꽃을 피우던 중 문득 워리가 엄마에게 물었다.

"팬이는 더는 볼 수 없겠죠?"

"어쩌면."

"위술 할머니가 그랬어요. 나랑 팬이가 꼭 엄지와 검지 같다고. 뭔갈 잡으려면 엄지와 검지가 꼭 맞붙어야 한댔는데."

엄마와 아빠는 워리를 한참 바라보았다. 워리가 눈을 반짝이며 말했다.

"팬이를 만나고 싶어요."

공원에서 워리는 둘이 만나던 그 자리에 앉아 있었다.

오늘 공원은 북적북적 시끄러웠다. 공원 끝에서는 버스킹 무대가 준비 중이었고, 다른 한쪽에서는 초등학교 1학년들이 선생님들의 안내를 받아 시청 투어를 왔다. 아이들은 서로 옷을 잡아당기고 밀치다가 까르르 웃었다. 선생님은 보는 눈이 많아 소리를 지르지 않으려고 노력했지만, 잘 되지 않았다.

그때 옆에 있던 보조 교사 아인12가 아이들의 어깨를 감싸며 줄을 서도록 도와주었다. 하지만 이미 흥이 오른 아이는 아인12를 다짜고짜 제 머리로 쿵 박았다. 놀란 건 아이였다. 예상과는 달리 제 머리가 아팠기 때문이다.

아인12는 고개를 건너편으로 돌렸다가 다시 시선을 아이에게로 옮겼다. 3초 뒤 자신도 아픈 척 엉덩이를 손으로 감싸고 콩콩 뛰었다. 그 모습에 아이들이 더 신나서 아인12를 향해 몸을 이리저리 부딪치자 결국 선생님이 나섰다. 아인12와 혈기 왕성한 아이 셋이 나란히 서서 선생님께 혼났다.

소란스러운 그들이 시청으로 들어가자, 그 뒤편에 서 있던 로봇-5089의 모습이 드러났다. 워리는 로봇-5089를 향해 왼손을 흔들었다. 로봇-5089가 워리를 향해 반갑게 뛰어왔다. 그런데 그 걸음이 이상했다. 신경선이 끊어진 것처럼 오른팔이 덜렁거렸고 오른발 역시 바닥에 끌려서 왼쪽 다리로 경중경중 뛰어오고 있었다.

로봇-5089가 뛰자 몇몇 사람들이 그 이상한 걸음걸이를 보고 수군거렸다. 그러거나 말거나 로봇-5089는 세상을 다 가진 것처럼 환하게 웃으며 워리를 향해 뛰어왔다.

"어떻게 된 거야?"

워리는 자리에서 일어나 로봇-5089에게로 뛰어갔다.

"오다가 차에 부딪혔어? 아니면, 전기 충전이 잘 안 된 거야?"

"차에 안 부딪혔고 전기는 끝까지 다 채우고 왔어."

"근데 왜……."

"난 괜찮아."

워리는 묻고 싶은 게 많았지만, 로봇-5089가 너무 밝게 웃고 있어서 더 캐물을 수가 없었다. 워리는 자리를 옮긴 후 로봇-5089와 걸어가서 일단 벤치에 앉았다. 둘은 위술이 죽고 처음 만나는 것이었다. 생전 유언에 따라 장례식은 없었고 위술은 화장되었다. 그리고 뼛가루 역시 따로 보관하지 말아 달라는 요청이 있었다.

"할머니가 보고 싶어."

"나도."

곧이어 로봇-5089가 홀로그램 영상으로 위술의 모습을 보여주었다. 함께 웃고 쉬고 놀고 싸우던 모습들. 그리고 그녀가 사람들 앞에서 행위예술을 하던 모습도. 모두 로봇-5089의 눈에 담겼고, 생생하게 눈앞에 그려졌다.

시간은 그들을 기다려주지 않았다. 로봇-5089와 워리는 위술의 죽음을 통해 자신의 생에서 소중한 걸 놓치지 말아야 한다는 것을 마음에 새겼다. 고통과 직원은 그 아티스트의 1호 팬이었다. 워리는 그 말을 위술에게 전하지 못했다.

위술을 추억한 후 그제야 그들은 서로의 안부를 물었다.

"어떻게 지냈어?"

"바빴어."

그 둘은 밀린 이야기를 하느라 순서를 정해야 했다. 로봇-5089가 고통 감지기 개발의 실험체로 자원했다는 말에 워리의 표정이 어두워졌다.

"그래서 오른쪽이 마비가 온 거야?"

"마비는 아니고, 움직일 때마다 아파서. 그래서 오른쪽은 잘

안 쓰려고 해."

"그럼 안 아파?"

"그래도 당연히 아프지."

로봇-5089는 눈을 동그랗게 뜨고 미소를 지으면서 워리에게 말했다.

"아프다는 거 뻥이지? 아프다면서 어떻게 그렇게 웃으면서 말해!"

"뻥 아닌데. 진짜 아픈데."

로봇-5089는 이걸 어떻게 설명해야 할지 모르겠다며 손바닥으로 뒷머리를 쓸어내렸다.

"그게 진짜 아파서 매일매일 후회되는데, 그래도 내가 선택한 거잖아. 아직 노래는 못 만들지만, 모든 실험이 끝나면 그땐 될 거야."

그건 로봇-5089의 희망이었다. 고통 감지기의 성공을 장담할 수 없었고 정준이 예상한 것보다 로봇-5089는 고통을 훨씬 더 크게 느꼈다. 사람으로 치면, 고통의 단계를 높이다가 심정지가 와서 죽을 뻔한 적도 있었다.

"꼭 그렇게까지 해야 해?"

워리는 걱정스럽게 물었다. 질문의 탈을 쓴 질타였다. 로봇-5089는 워리를 보며 말했다.

"너처럼, 나도 달라지고 싶어."

워리를 보는 로봇-5089의 눈빛은 이겨낼 거라는 의지로 불타오르고 있었다. 워리는 로봇-5089를 보았다. 그리곤 한숨을 폭 내쉰 뒤 말했다.

"너 되게 이상한 로봇인 건 알지?"

"원래 친구끼린 닮는 거랬어."

로봇-5089는 명랑하게 대답했다. 워리는 기가 막힌다며 감정이 콧김을 따라 퐁 나왔다.

공원 끝에서 흐르는 버스킹 노래가 두 곡이 바뀔 동안 그들은 입을 꾹 다물고 가만히 앉아 있었다. 많은 말이 목까지 차올랐다가 다시 사라졌다. 날 선 말들이 오갈 수도 있었다. 하지만 그런 말로 이 순간을 얼룩지게 하고 싶진 않았다. 이다음 만남이 언제가 될지 알 수 없었다. 어쩌면 오늘이 마지막일 수도 있었다. 하지만 마지막이라고 생각하고 싶진 않았다. 그건 굳건한 믿음이었다.

워리가 이젠 그 얘기를 꺼낼 때가 되었다면서 로봇-5089에게 물었다.

"예전에 우리 엄마가 너에게 날 만나달라고 부탁했던 거지?"

"로봇 심리학자가 네 엄마였어?"

"너 몰랐어?"

"응."

"로봇 심리학자가 너에게 뭘 부탁했어? 내가 리셋 안 받겠다고 맘을 바꾸면 너도 리셋 안 해도 된다고 했어? 그걸 약속한 거야?"

"널 만나서 친구가 되어달라고 했어. 그리고 나의 예술을 보여달라고."

"······왜?"

"예술은 인간에게도 로봇에게도 감정을 느끼게 하니까. 예술은 그래서 아름다운 거니까."

워리는 아무 말도 하지 못했다. 그래서 저번 날 로봇-5089가 위술의 집에서 갑자기 노래하고 싶다고 한 것이었다. 방법은 서툴렀지만, 그 마음은 오롯이 워리에게 전해졌다.

엄마와 아빠는 워리가 로봇이라는 갑옷 뒤로 숨어서 그 어떤 것도 느끼지 않으려는 것을 걱정했다. 그래서 생의 모든 감각과 감정을 뜨겁게 일깨워주는 예술로 아이에게 조심스럽게 다가갔다. 그것이 분노든 기쁨이든 슬픔이든 실망이든, 감정은 나쁜 게 아니라고, 그게 진짜 네 감정이라면 뭐든 표현해도 된다고 알려주고 싶던 것이다.

워리는 로봇-5089에게 만나자고 한 이유가 있었다. 로봇-

5089도 세계 여행을 가자고 얘기하려고 했었다. 하지만 로봇
-5089는 더 성장하기 위해 고통을 택했다. 누구보다 예술을
사랑하는 로봇-5089의 마음을 잘 알기에 워리는 여행 이야기
를 삼켰다. 하지만 그러면, 이제 여기서 안녕을 말해야 했다.

"난 자랄 거고 넌 변할 거야. 우리가 오랜 시간이 지난 뒤에
도 서로를 알아볼 수 있을까?"

로봇-5089는 워리를 보며 약속했다.

"널 잊지 않을게."

어떤 일이 있더라도. 그 뒤에 괄호처럼 숨은 말이 눈에서 눈
으로 전해졌다. 로봇에겐 기본 탑재 기능처럼 쉬운 일이었지
만, 앞으로 고통 감지기 실험체가 될 로봇-5089에게는 제 목
숨을 걸고 지키겠다는 말과도 같았다.

그들 사이에 긴장감이 흘렀다. 마지막 인사가 이토록 웅장
하다니, 로봇-5089다웠다. 워리는 그래서 로봇-5089가 좋았
다. 그들이 엄지와 검지이고 햄버거와 감자튀김인 데에는 다
그만한 이유가 있었다. 하지만 워리는 마지막 대사만큼은 결
코 밀릴 생각이 없었다.

동운은 두 팔 벌려 팬이를 꼭 껴안고 진심을 전했다.

"널 기다릴게."

이미 바둑과 체스 게임에서 인간 두뇌를 앞선 AI는 소설 창작과 음악 작곡이라는 문학 예술 분야까지 진출할 정도로 초지능(Superintelligenc) AI로 빠르게 진화하고 있다. 초지능 AI가 '어떻게 만들어지고, 어디까지 진화할 수 있으며, 어떤 모습과 기능을 띨 수 있을지'는 과학의 영역이며, '미래 인간과 사회 사이의 관계와 미칠 영향'은 철학·윤리학·사회학의 영역, '운용에 대한 규율과 법칙'은 정치학의 영역일 것이다. 그리고 '이 모든 것에 대한 물음'은 태생적으로 소설의 영역이다.

과학기술 문명이 미래 인류에게 어떤 모습으로 다가올지에 대해 1932년 올더스 헉슬리가 『멋진 신세계』에서 '끔찍한' 상상력을 펼친 이래로, 문학에서는 공상과학 소설(Science Fiction)이라는 장르문학으로 자리매김돼 내려온 지 오래다. 그렇다면 인공지능 로봇 문제를 다루고 있는 김영리『팬이』를 SF 장르소설로 묶으면 될까. 그러기에는『팬이』가 제기하는 물음은 매우 실제(존)적이다. '나는 누구인가?' 이 물음은『팬이』의 주인공인 로봇(로봇-5089, 팬이)과 소년(워리, 지동운)이 자신의 실존에 관해 던지는 매우 실제적인 질문이다. 이 질문은 (소설, 서사)문학이 탄생한 이래로 물어왔고, 존재하는 한 물어야 할 본질적인 물음이다.

　고통을 잊기 위해 로봇이 되고 싶은 소년과 진정한 예술가가 되기 위해 고통을 느끼고 싶은 로봇. 어떤 감정도 느끼지 않으려 로봇이라는 가면을 쓴 소년과 컴퓨터 기억장치를 영혼으로 여기며 인간이라는 가면을 쓴 로봇. 두 페르소나 사이의 갈등과 우정 그리고 성장. 그 과정 중에 제기되는 과학기술 문명 발달이 가져올지 모를 미래 인류에 대한 물음들이『팬이』안에서 드라마틱하게 펼쳐진다.
　잠시 일손을 놓고『팬이』곁에 앉아 귀 기울여보시라. 당신은 분명히 "단 하루라도 진짜로 살아보고 싶다"고 '또 다른 나'를 노래하는 '팬이'의 진정한 팬이 될 것이다.

박경장(문학평론가)

팬이

ⓒ 김영리, 2022

초판 1쇄 발행일 | 2022년 3월 7일
초판 4쇄 발행일 | 2022년 12월 5일

지은이 | 김영리
펴낸이 | 사태희
편집인 | 최민혜
디자인 | 권수정
마케팅 | 장민영
제작인 | 이승욱 이대성

펴낸곳 | (주)특별한서재
출판등록 | 제2018-000085호
주 소 | 08505 서울특별시 금천구 가산디지털2로 101 한라원앤원타워 B동 1503호
전 화 | 02-3273-7878
팩 스 | 0505-832-0042
e-mail | specialbooks@naver.com
ISBN | 979-11-6703-045-0 (43810)